Ostwestfälische Gespräche

Verstehen und verkaufen

Nicolas Bröggelwirth

Ostwestfälische Gespräche

Verstehen und verkaufen

Bibliografische Information der Deutschen Nationalbibliothek:
Die Deutsche Nationalbibliothek verzeichnet diese Publikation in der Deutschen Nationalbibliografie; detaillierte bibliografische Daten sind im Internet über http://dnb.dnb.de abrufbar.

Alle Rechte vorbehalten. Jede Verbreitung, Vervielfältigung oder Weiterverwertung, auch in Teilen, Auszügen und elektronischen Medien, bedürfen der ausdrücklichen Zustimmung des Autors.

© 2022 Nicolas Bröggelwirth
2. erweiterte Auflage

Herstellung und Verlag: BoD – Books on Demand, Norderstedt

ISBN: 978-3-7557-3472-7

*Den unverwechselbaren,
einzigartigen und
fast unbeschreiblichen
Menschen meiner Heimat.*

Vorwort

In der Fußgängerzone von Hannover könnte sich ein ganz alltägliches Gespräch beispielsweise so anhören:
»Entschuldigen Sie bitte, dass ich Sie anspreche. Ich suche den Hauptbahnhof. Könne Sie mir diesbezüglich eventuell weiterhelfen?«
»Aber ja, selbstverständlich. Sie gehen hier die Straße hinunter und an der zweiten Kreuzung rechts. Nicht an der ersten, dort, wo die Ampel ist. Also erst an der zweiten. Da gehen Sie dann rechts. Das ist die mit dem Zebrastreifen. Vorsicht! Viele halten sich dort nicht an den Zebrastreifen. Danach laufen Sie direkt auf den Bahnhof zu. Eigentlich können Sie ihn überhaupt nicht verfehlen.«
»Oh, okay, danke sehr! Haben Sie vielen Dank. Wissen Sie, meine Nichte wird heute vierzehn Jahre alt und ich muss noch nach Leipzig. Gott, wie die Zeit vergeht. Und ich fahre ja immer gerne ein wenig früher, also mit einem Zug früher oder so als dass ich da sein müsste. Denn Sie wissen ja: Die Deutsche Bahn hat in den letzten Jahren unglücklicherweise ein paar Probleme mit der Pünktlichkeit.«
»Wem sagen Sie das? Mir tut nur immer das arme Personal leid. Das kann ja eigentlich gar nichts dafür und muss immer die Launen der Fahrgäste aushalten.«
»Da habe Sie recht, aber das ist in Service-Berufen ja häufig so. Ich kann aber auch die Fahrgäste verstehen, denn niemals kann man mit demjenigen spre-

chen, der wirklich verantwortlich ist.«

»Leider, leider. Ich wünsche Ihnen auf jeden Fall eine angenehme Fahrt und richten Sie Ihrer Nichte bitte unbekannterweise meine herzlichsten Glückwünsche aus.«

»Das mache ich sehr gerne. Und vielen Dank nochmal. Auf Wiedersehen!«

»Auf Wiedersehen.«

Irgendwo in Ostwestfalen klingt das ungefähr so:

»Ey! ... Äh ... Bahnhof?«

»Da runter!«

Und hier endet auch schon die verbale Kollision unserer beiden Protagonisten. Dabei war es durchaus dasselbe Gespräch.

Ostwestfalen ist ein ganz besonderer Landstrich, der vor allem durch seine in ihm wohnenden und stammenden Menschen geprägt wird. Man ist dort erst dann miteinander bekannt, wenn man mindestens einen Sack Salz miteinander gegessen hat - einen großen Sack Salz. Zwischen Pader und Weser können zwei Männer des Abends auf ein Bier in der Kneipe zusammensitzen, sich sehr gut verstehen und die besten Freunde sein, während sie sich am nächsten Tag nicht einmal mehr auf der Straße grüßen. Die Menschen sind rauer als die Flüsse, die Hügelketten und das Wetter. Nichts davon ist aber wirklich eine Kunst. Noch körniger als sie selbst ist nur ihre Sprache.

Rund um das Wiehengebirge und Teutoburger Wald sind die Leute dennoch ehrlich und herzlich. Was zunächst wie ein Widerspruch klingt, wird erhellt durch die Art dieser Wesenszüge. Denn wenn man erst einmal einen Sack Salz mit jemandem gegessen hat, dann kann man ihn getrost auch als einen Freund auf Lebenszeit bezeichnen.

Der Ostwestfale ist zuverlässig, hilfsbereit, treu und anhänglich wie ein Hund. Und er benötigt dabei ungefähr genauso viele Worte wie dieser, um das zum Ausdruck zu bringen. Lediglich einhellige Meinungen werden offen auf der Zunge getragen, wie die über die Rheinländer oder die Lipper. Und dabei ist die Mode seiner Werte und Weltanschauung noch nicht einmal so anachronistisch wie die seiner Klamotten, die herrlich hartnäckig dem Zeitgeist ein paar Jahre hinterherhecheln. Doch schämt sich der Ostwestfale für irgendwas? Ganz sicherlich nicht. Er findet für alles eine Rechtfertigung, selbst wenn diese nicht allein sich selbst, sondern den Umständen geschuldet ist, für die der Ostwestfale per Definition ebenso wenig verantwortlich sein kann, wie für den Zeitgeist. Das ist Gesetz - ostwestfälisches Gesetz.

Auch der hier heimische Humor ist von etwas derberer, aber nicht minder herzlicher Natur. Der Ostwestfale an sich, was an dieser Stelle mehr als Zustand denn als Menschenschlag verstanden werden darf, schmunzelt mal gerne über einen gescheiten Wortwitz, lacht sich aber lauthals kaputt, wenn jemand mit dem Gesicht in einer Torte landet. Schadenfreude und Spott sind ausdrücklich erlaubt, solange es andere trifft. Doch auch eine gewisse elitäre Haltung als Kontrapunkt zum Rheinischen gehört dazu. Denn wird der Witz zu flach, reagiert der gläubige Landwirt, Möbelbauer, Leinenweber, Zigarrendreher und Tabakhändler mit kopfschüttelndem Unverständnis.

Der Mensch, der hier einst gesiedelt hat, obwohl er Bielefeld und Paderborn sehenden Auges kannte, ist in vielen Bereichen nicht anders als andere Menschen auch. Bei ihm ist selten etwas gut, doch oftmals gar nicht mal so schlecht. Aber ist es nicht immer auch gerade das Besondere, was Menschen ausmacht, sie definiert, sie unverwechselbar macht?

Ostwestfalen und seine Einwohner kann man mögen, wenn man es näher kennt - Man muss es lieben, wenn man hier geboren ist.

Die meisten aller Gespräche gewinnt man, denn man bekommt sie, obwohl man sie überhaupt nicht bestellt oder ein Los gekauft hat. Über die einen freut man sich, und dann gibt es noch die große Überzahl der restlichen.

Oft liegt die ostwestfälische Lebenswirklichkeit der Satire näher als die Satire der Vorstellungskraft. Auf „Wirkplus" oder „Antinerv", Luise oder Frau Brachsieker werden ja viele schon mal außerhalb dieses Buches gestoßen und gestolpert sein.

Aber: »Das war nicht Hitler, das war Jesus!« ist so bestimmt nie gesagt worden, denkt man zunächst. Doch! Da übertreibt der Autor aber, glaubt man. Leider falsch. Dieser Satz ist genauso gesagt worden.

Die Geschichte mit dem Radler ist aber doch komplett aus dem Finger gezogen, vermutet man weiter. Leider auch nicht. Und was gab es da nicht noch alles für Material, was hätte man nicht noch alles verwerten können?

»Heute in der Pathologie hatten wir einen Riesenspaß!«, »Wenn ich ein dreckiges Glied hätte, würde ich es vielleicht tun.« oder aber auch »Ich habe in meinem Zeugnis alles Zweien und nur eine Drei. Ich habe einen Durchschnitt von 1,9.« Eine Mitschülerin schaute ungläubig und begann, das Ergebnis des Klassenprimus´ mit dem Taschenrechner auf ihrem Handy nachzurechnen. Manchmal muss man für ein wenig Satire eben nur genau hinhören. Ostwestfalen macht da keinen Unterschied.

Es ist schon erstaunlich, wie viele in ihren Einschätzungen falsch liegen, was Wahrheit und was Fiktion ist. Man darf ihnen aber nicht helfen, sondern muss die Erkenntnis der Realität sogar ihrer Phantasie überlassen. Aber Vorsicht! Man sich dabei sehr leicht irren. Versprochen!

In den Szenen gibt es ganz bewusst keinerlei Regieanweisungen. Jeder Leser möge bei der Lektüre seine eigene Sprachmelodie und Rhythmus im Kopf haben. Und wenn auch vieles den manchmal bizarren und grotesken Alltagsunterhaltungen entlehnt ist, wie das Abhören der Akkorde seines Lieblingsliedes auf einer alten Musik-Kassette, um es auf der Gitarre mehr jämmerlich sentimental als notengetreu nachzuspielen, darf die satirische Phantasie und ihr surrealer Aspekt natürlich auch in diesem Fall auf keinen Fall zu kurz kommen.

Man sollte dieses Buch mit einem Augenzwinkern lesen, aber vor allem sollte man es an die bedauernswerten Nicht-Ostwestfalen verschenken oder zumindest verleihen, damit auch sie wissen, unter welchen Bedingungen wir … welche Zustände … also … das ist wirklich kein Hilferuf … man gebe es ihnen einfach zu lesen.

Falls Sie sich als Leser in den Szenen manchmal wiederfinden, ist es schön - wenn Sie Bekannte erkennen, vielleicht noch schöner - wenn nicht, ist es möglicherweise ganz gut so. Ist es nicht seltsam, wie leicht man andere erkennt, doch sich selbst nicht wiederfinden kann?

Und zum Bahnhof geht es übrigens da lang. Nichts zu danken.

Nicolas Bröggelwirth
Bünde, den 17. Juli 2022

Pssscht

Personen:
Schlemihl.
Hubert.

Ort: Fußgängerzone.

Schlemihl:	Hey, Sie. ... Bleiben Sie doch mal stehen! ... Hallo, Sie.
Hubert:	Wer? Ich?
Schlemihl:	Pssscht.
Hubert:	Wer? Ich?
Schlemihl:	Genau. Ich hätte da ein tolles Angebot für Sie.
Hubert:	Was denn?
Schlemihl:	Pssscht.
Hubert:	Pssscht?
Schlemihl:	Genau.
Hubert:	Was denn?
Schlemihl:	Pssscht.
Hubert:	Das wird mir zu albern.
Schlemihl:	Ich hätte hier ein paar wundervolle Badeschlappen ...
Hubert:	Badeschlappen?
Schlemihl:	Pssscht.
Hubert:	Badeschlappen?
Schlemihl:	Genau.
Hubert:	Ich brauche keine Badeschlappen.

Schlemihl:	Aber das sind ganz besondere Badeschlappen.
Hubert:	Ganz besondere Badeschlappen?
Schlemihl:	Pssscht.
Hubert:	Es sind ganz besondere Badeschlappen?
Schlemihl:	Genau.
Hubert:	Wieso?
Schlemihl:	Auf diesen Badeschlappen sind Rentiere drauf.
Hubert:	Ich brauche keine Badeschlappen mit Rentieren drauf.
Schlemihl:	Sie brauchen keine Badeschlappen mit Rentieren drauf?
Hubert:	Pssscht.
Schlemihl:	Pssscht?
Hubert:	Genau.
Schlemihl:	Aber natürlich brauchen Sie Badeschlappen mit Rentieren drauf.
Hubert:	Ich brauche Badeschlappen mit Rentieren drauf? Und wagen sie es jetzt nicht!
Schlemihl:	Natürlich brauchen Sie Badeschlappen mit Rentieren drauf. Überlegen Sie mal! Stellen Sie sich vor, Sie wollen Weihnachten ins Freibad.
Hubert:	Weihnachten ins Freibad?
Schlemihl:	Pssscht.
Hubert:	Weihnachten ins Freibad?
Schlemihl:	Genau.
Hubert:	Ich will Weihnachten nicht ins Freibad. Außerdem haben die Freibäder dann geschlossen.
Schlemihl:	Noch.

Hubert:	Noch?
Schlemihl:	Noch. Denken Sie mal an die Klimaerwärmung.
Hubert:	Die Klimaerwärmung?
Schlemihl:	Pssscht.
Hubert:	Die Klimaerwärmung?
Schlemihl:	Genau.
Hubert:	Die geht mich nichts an?
Schlemihl:	Die geht Sie nichts an?
Hubert:	Pssscht.
Schlemihl:	Die geht Sie nichts an?
Hubert:	Genau. Was habe ich mit der Klimaerwärmung zu tun?
Schlemihl:	Genau. Aber möchten Sie an Weihnachten mit Badeschlappen ohne Rentieren drauf im Freibad stehen?
Hubert:	Das natürlich nicht.
Schlemihl:	Sehen Sie?
Hubert:	Sehe ich was?
Schlemihl:	Pssscht.
Hubert:	Sehe ich was?
Schlemihl:	Genau. Ich hätte auch Sonnencreme, die nach Weihrauch riecht, Luftmatratzen in Tannenbaumform und Zimteis mit Schneeflocken oben drauf. Jetzt schon mal an die Zukunft denken.
Hubert:	Ich kaufe das „A".
Schlemihl:	Gute Wahl, mein Freund. Eine gute Wahl!
Hubert:	Kann ich mit diesem defekten Luftfilter bezahlen?
Schlemihl:	Ob Sie mit diesem defekten Luftfilter bezahlen können?

Hubert: Pssscht.
Schlemihl: Ob Sie mit diesem defekten Luftfilter bezahlen können?
Hubert: Genau. Übrigens: Haben Sie die frohe Botschaft schon empfangen?
Schlemihl: Ob ich die frohe Botschaft schon empfangen habe?
Hubert: Pssscht.
Schlemihl: Ob ich die frohe Botschaft schon empfangen habe?
Hubert: Genau. Gott liebt alle Menschen. Und über 200.000 Zeugen haben diese Nachricht schon vernommen. Hallo, Sie! ... Mein „A", der Luftfilter ... Bleiben Sie doch hier. ... Warten Sie doch!

Stippgrütze

Personen:
Luise.
Heinz.

Ort: Küche.

Heinz: Gleich, Luise.
Luise: Jetzt, Heinz!!
Heinz: Ich esse noch.
Luise: Du kommst doch eh nicht vor wech.
Heinz: Ich will noch mein Schnittchen essen.
Luise: Da ist doch nur noch Krume.
Heinz: Das ist das Beste dran.
Luise: Du willst Dich nur drücken.
Heinz: Ich mach' es, bevor ich zum Schießstand gehe.
Luise: Du meinst die Theke beim Schießstand. Da willst Du heute noch hin?
Heinz: Ist Sonntag.
Luise: Aber Du hast ja noch die Pölterbuxe und die Schlappen an.
Heinz: Es ist Sonntag, und ich esse noch.
Luise: Dann steck' Dir auch ein paar Klümpchen ein.
Heinz: Klümpchen zum Bier?
Luise: Es riecht.
Heinz: Aber es schmeckt dann nicht.
Luise: Und frag' mal nach, was nu mit Herbert ist!

Heinz: Was soll mit dem sein?
Luise: Der hat sich doch hingekeufelt.
Heinz: Was? Wann?
Luise: Diesen Dienstag. Ist achtern Birge übern Lenker.
Heinz: Wusste ich noch gar nicht. Diesen oder letzten Dienstag?
Luise: Letzten Dienstag. Also frag' mal um! Ich muss da auf Höhe sein. Hab' nächsten Sonnabend Canasta mit den Frauen.
Heinz: Diesen oder nächsten Sonnabend?
Luise: Diesen. Und denk' dran!
Heinz: Ich will das nicht.
Luise: Du kannst ruhig mal was für mich tun.
Heinz: Ich meine das Klümpchen.
Luise: Und komm heut' Mittag dann nicht zu spät!
Heinz: Warum?
Luise: Es gibt Stippgrütze mit Gürkchen.
Heinz: Mit Klümpchen?
Luise: Gürkchen!
Heinz: Luise, Schatz, komm' mal bei mich bei.
Luise: Was ist denn, Heinz?
Heinz: Luise, schau mal, es gibt drei Dinge in meinem Leben, die mir richtig auf den Zünder gehen.
Luise: Ach! Und die wären?
Heinz: Das erste ist verschwendete Lebenszeit. Du weißt schon - das Warten auf den Bus, die Dame, die vor einem an der Kasse meint, es passend zu haben. So was halt.
Luise: Aha!
Heinz: Das zweite ist, wenn man mir Vorschriften machen will. Also, wenn man mir sagt, wann ich was wie schnell zu erledigen habe, obwohl

ich gerade was ganz anderes auf dem Schirm hatte. Verstehst Du das?
Luise: Aus welcher blöden Zeitschrift hast Du das denn alles? Und was ist das dritte, was Dir auf den Zeiger geht?
Heinz: Das dritte bist Du, Luise.
Luise: Bitte? Heinz!
Heinz: Ich will die Scheidung.
Luise: Jetzt bleib´ mal ernst.
Heinz: Das meine ich ernst.
Luise: Du bist 75.
Heinz: Siehste! So langsam wird es Zeit.
Luise: Ist das jetzt nicht eher ein wenig spät?
Heinz: Wenn nicht nu, wann dann noch?
Luise: Gut! Wie Du willst. Ich rufe dann mal Stefan an.
Heinz: Unseren Sohn?
Luise: Meinen Liebhaber! Natürlich unseren Sohn.
Heinz: Vielleicht sollte er es jetzt noch nicht erfahren; und wir sollten erst mal in Ruhe darüber sprechen.
Luise: Der hat das alles schon mal aufgesetzt, wer was bekommt und so.
Heinz: Du kannst von mir aus das Haus haben. Ich will nur das Auto.
Luise: Das steht da alles schon drin.
Heinz: Warum hat Stefan bitte so was schon aufgesetzt?
Luise: Weil er Jura studiert hat und Rechtsanwalt ist.
Heinz: Ich meine, warum hat er so was jetzt schon fertig in der Schublade?
Luise: Weil ich ihn darum gebeten hatte.
Heinz: Wann?
Luise: Bestimmt schon 10 Jahre her.

Heinz: Vor 10 Jahren schon?
Luise: Ja, als Du Dir den kleinen Porsche zugelegt hast und mit der Nachtschwester... Also mehr Klischee geht schon gar nicht mehr!
Heinz: Doch! Ein älteres Ehepaar aus Spenge, das Sonntagmittags Stippgrütze isst.
Luise: Schwester Cornelia!
Heinz: Du hast davon gewusst?
Luise: Natürlich!
Heinz: Woher?
Luise: Ich bin eine Frau, Heinz.
Heinz: Und?
Luise: Das reicht!
Heinz: Wenn Du es doch wusstest, warum hast Du Dich damals nicht scheiden lassen?
Luise: Ich war noch zu jung.
Heinz: Du warst über 60.
Luise: Siehste! Also, Du das Auto, ich das Haus, ja?
Heinz: Luise, lass uns doch einfach noch einmal darüber nachdenken.
Luise: Du wolltest die Scheidung, und außerdem falle ich Dir auf die Nerven.
Heinz: Das war vielleicht ein wenig schnell gesagt von mir.
Luise: Na gut, Du denkst nochmal drüber nach, ob Du schon alt genug dafür bist.
Heinz: Ich mache mich jetzt fertig für den Schießstand.
Luise: Und denk´...
Heinz: Ja doch!
Luise: Bei allen Heiligen! Und das alles nur, weil er den Müll rausbringen soll.

Äpfel

Personen:
Kundin.
Verkäufer.

Ort: Feinkostladen.

Kundin:	Morgen.
Verkäufer:	Morgen.
Kundin:	Ich habe es eilig.
Verkäufer:	Keine Sorge, keine Sorge.
Kundin:	Ich muss meinen Bus kriegen.
Verkäufer:	Das kriegen wir hin, das kriegen wir hin.
Kundin:	Gut.
Verkäufer:	Was darf es denn sein?
Kundin:	Ich brauche einen Apfel.
Verkäufer:	Einen einzigen?
Kundin:	Äpfel.
Verkäufer:	Welche denn?
Kundin:	Welche haben Sie denn?
Verkäufer:	Zum Backen oder Essen?
Kundin:	Eher zum Essen.
Verkäufer:	Mürbe oder fest?
Kundin:	So mittel.
Verkäufer:	Rot oder grün?
Kundin:	Lieber rot. Ich muss noch zum Bus. Was sind denn das hier für welche?

Verkäufer:	Das ist ein *Golden Delicious*.
Kundin:	Welcher von denen?
Verkäufer:	Na, alle.
Kundin:	Aha. Werden die noch rot?
Verkäufer:	Nein. Aber ich hätte hier einen ganz leckeren *Baya Marisa*.
Kundin:	Welcher?
Verkäufer:	Dieser hier.
Kundin:	Gar nicht mal so billig.
Verkäufer:	Aber lecker. Sonst nehmen Sie doch einen *Gala Royal* oder die *Rote Sternrenette*.
Kundin:	Ist dieser *Bahia Mar* denn auch was für Kinder?
Verkäufer:	Auf jeden Fall.
Kundin:	Und ist der mürbe oder fest?
Verkäufer:	So mittel. Lässt sich aber ganz toll schälen.
Kundin:	Woher kommt der?
Verkäufer:	Aus dem alten Land.
Kundin:	Ja, klar. Den kenne ich ja noch von früher.
Verkäufer:	Ganz alte Sorte.
Kundin:	Aus dem alten Land.
Verkäufer:	Genau.
Kundin:	Ich nehme mal drei Stück.
Verkäufer:	Sehr gerne.
Kundin:	Ich muss noch zu meinem Bus.
Verkäufer:	Ich beeile mich.
Kundin:	Drei, nicht?
Verkäufer:	Ja, drei. Sie wollten doch drei, nicht wahr?
Kundin:	Jaja. Haben Sie denn jetzt auch drei eingepackt?

Verkäufer:	Ja. Genau die Anzahl, die sie mir gerade mit ihren Fingern anzeigen.
Kundin:	Ach, ich dachte, sie hätten nur zwei eingepackt.
Verkäufer:	Nein, drei. Wie sie es wollten.
Kundin:	Ich habe es nicht so genau gesehen. Wissen Sie, ich habe meine Brille nicht auf.
Verkäufer:	Wir können gerne noch mal schauen.
Kundin:	Nein, nein. Ich vertraue Ihnen da.
Verkäufer:	Schauen wir lieber noch einmal. An manchen Tagen habe ich Schwierigkeiten, bis Drei zu zählen. Also das hier ... das ist der erste Apfel, nicht wahr?
Kundin:	Jaja. Ich muss jetzt doch zu meinem Bus.
Verkäufer:	Schauen wir nochmal in die Tüte. Und das hier? Das ist der zweite Apfel, oder? Tja, und hier ist noch einer drinne. Macht drei Äpfel. Ich habe mich also nicht verzählt.
Kundin:	Den nicht! Der hat eine Stelle. Geben Sie mir bitte einen anderen.
Verkäufer:	Gerne. Ist dieser hier Ihnen recht?
Kundin:	Ja, aber jetzt muss ich mich wirklich beeilen.
Verkäufer:	Das macht dann 2 Euro 70.
Kundin:	Kann ich mit Karte zahlen?
Verkäufer:	Erst ab 3 Euro.
Kundin:	Aber das macht nichts. Warten Sie! Ich kriege das schon hin.
Verkäufer:	Keine Hektik, bitte. Ich habe Zeit.
Kundin:	Zwei Zweiundsechzig, Zwei Sie-

	benundsechzig, Zwei Neunundsechzig, Zwei Siebzig, nicht?
Verkäufer:	Das sind jetzt 1 Euro 97.
Kundin:	Was?
Verkäufer:	Zwanzig, Vierzig, Sechzig, Achtzig, Fünfundachtzig, Sechsundachtzig, Eins Sechsundachtzig, Eins Einundneunzig, Eins Zweiundneunzig, Eins Siebenundneunzig. Sehen Sie?
Kundin:	Ich sehe heute nicht so gut. Ich habe keine Brille auf.
Verkäufer:	Das erwähnten Sie. Es tut mir Leid. Ist aber leider zu wenig.
Kundin:	Ich dachte, Sie könnten nicht bis Drei zählen.
Verkäufer:	Manchmal habe ich als Kaufmann auch meine guten Tage.
Kundin:	Also, was fehlt denn jetzt noch?
Verkäufer:	73 Cent.
Kundin:	Können Sie schon einen Fünf-Euro-Schein wechseln?
Verkäufer:	Leider nein.
Kundin:	Dann nehme ich nur zwei Äpfel.
Verkäufer:	Wie viel Äpfel hatten wir denn jetzt?
Kundin:	Ich glaube drei, oder?
Verkäufer:	Ich zähle lieber nochmal nach.
Kundin:	Hach, immer, wenn man es eilig hat.
Verkäufer:	Das haben Sie nicht.
Kundin:	Was?
Verkäufer:	Sie haben es nicht eilig.
Kundin:	Woher wollen Sie denn das wissen? Ich muss zu meinem Bus.
Verkäufer:	Da fährt Ihr Bus. Sie haben jetzt mindestens zwanzig Minuten Zeit.

Kundin: Der soll doch erst in zwei Minuten fahren.
Verkäufer: Oder in drei?
Kundin: Ich finde es unmöglich, wenn Busfahrer die Uhr nicht lesen können.
Verkäufer: Kann ich denn noch etwas für Sie tun?
Kundin: Nein, Danke! Auf Wiedersehen.
Verkäufer: Nehmen Sie ihre zwei Äpfel mit!
Kundin: Ach, die hätte ich jetzt beinahe vergessen.
Verkäufer: Sie haben ja auch Ihre Brille nicht auf.

Fußball

Für Jens.

Personen:
Vater.
Sohn.

Ort: Wohnzimmer.

Sohn: Papa?
Vater: Ja?
Sohn: Darf ich Dich was fragen?
Vater: Ich gucke gerade Fußball.
Sohn: Es geht um Fußball.
Vater: Na gut. Was ist denn?
Sohn: Papa, wer hat den Spielern beigebracht, wie man Fußball spielt?
Vater: Naja, ich denke mal, zunächst mal ihre Freunde auf dem Spielplatz, später wahrscheinlich der Lehrer in der Schule. Und wenn sie einen Verein haben, der Trainer natürlich.
Sohn: Der erklärt ihnen die Spielregeln?
Vater: Ja, genau.
Sohn: Alle auf einmal?
Vater: Vermutlich erst einmal die wichtigsten. Also die, die man dringend können muss. Dass man den Ball nicht mit der Hand spielen darf und so.

Sohn: Welche noch?
Vater: Zum Beispiel was ein Einwurf ist oder eine Ecke. Aber Fußball hat viele Regeln. Wollen wir nicht in Ruhe das Spiel gucken?
Sohn: Auch schwierige Regeln?
Vater: Auch schwierige. Aber erst nach den einfachen.
Sohn: Welche sind denn schwierig?
Vater: Das Abseits ist gar nicht so leicht zu verstehen, oder wann es ein Foul ist und wann nicht.
Sohn: Was ist denn Abseits?
Vater: Das ist kompliziert. Ich erkläre Dir das nach dem Spiel, in Ordnung?
Sohn: Okay.
Vater: Darf ich Dir einen Tipp geben, mein Sohn?
Sohn: Klar.
Vater: Versuche nie, Deiner Mutter zu erklären, was ein Abseits ist, auch, wenn sie Dich danach fragt.
Sohn: Warum nicht?
Vater: Vertrau´ mir einfach!
Sohn: Okay. Wann ist es denn ein Foul?
Vater: Wenn der Schiedsrichter pfeift.
Sohn: Der darf einfach so pfeifen?
Vater: Natürlich nicht. Aber oftmals ist das Auslegungssache.
Sohn: Was?
Vater: Auslegungssache. Hat der Spieler den Gegner attackiert oder den Ball? Hatte er den Arm angelegt, oder nicht? So etwas. Das ist manchmal nicht so eindeutig und dann muss der Schiedsrichter entscheiden.
Sohn: Es ist also besser, wenn der Schiedsrichter Dein Freund ist?

Vater: Prinzipiell ja. Aber er soll natürlich neutral sein.
Sohn: Was heißt das?
Vater: Das heißt, nicht parteiisch zu sein, weder die eine noch die andere Mannschaft zu bevorzugen.
Sohn: Warum ist er es dann meistens nicht?
Vater: Wer sagt das?
Sohn: Du. Du sagst das ganz oft.
Vater: Siehst Du? Das war jetzt Abseits, weil die ballführende Mannschaft zu einem ihrer Spieler passte, zwischen dem und dem Tor sich kein Spieler des gegnerischen Teams befand.
Sohn: Der Torwart.
Vater: Der Torwart zählt nicht.
Sohn: Warum nicht? Du sagst ganz oft, ohne ihn wäre die Mannschaft verloren.
Vater: Aber er hat mit dem Abseits nichts zu tun.
Sohn: Das Abseits ist aber gar nicht so einfach.
Vater: Ich sagte ja, dass manche Regeln etwas kompliziert sind.
Sohn: Aber am Anfang lernen die Spieler die einfachen?
Vater: Mit den einfachen fängt man an. Bei jedem Spiel. Damit man erst mal weiß, um was es geht. Wir haben doch auch schon zusammen gespielt und Du mit Deinen Freunden."
Sohn: Da gibt es aber kein Abseits.
Vater: Das sind Straßenregeln, nicht Vereinsregeln.
Sohn: Aber ich habe ja keinen Verein.
Vater: Möchtest Du denn in einen Verein? Dann bespreche ich das mal mit Deiner Mutter.
Sohn: Die nicht weiß, was Abseits ist.
Vater: Sprich das nicht vor ihr an.

Sohn: Warum nicht?
Vater: Ich sagte doch: Vertrau´ mir!
Sohn: Gut. Und da im Verein lernen die Spieler, was ein Abseits ist?
Vater: Ja doch.
Sohn: Und was ein Ball ist?
Vater: Das sowieso. Ohne den geht es ja nicht.
Sohn: Und dass der Gegner andere T-Shirts an hat.
Vater: Die Trikots des Gegners haben eine andere Farbe. Natürlich.
Sohn: Und dass man den Ball treten muss?
Vater: Ja. Das weißt Du doch alles.
Sohn: Am besten tritt man doch den Ball zu einem von seiner eigenen Mannschaft, nicht wahr?
Vater: Ja. Aber lass uns doch nun endlich das Spiel gucken.
Sohn: Und nicht zum Gegner.
Vater: Ja.
Sohn: Und die Spieler lernen, dass der Ball irgendwann ins Tor muss?
Vater: Ja doch. Aber worauf willst Du eigentlich hinaus?
Sohn: Papa? Ist es manchmal hart, ein Arminia-Fan zu sein?

Radler

*Für Uli und Ali,
Britta und Janine,
Ingo und Harry,
Indra und Annika.*

Personen:
Kellnerin.
Gast.

Ort: Biergarten.

Kellnerin:	Guten Tag.
Gast:	Guten Tag.
Kellnerin:	Hier ist etwas frei geworden. Bitte nehmen Sie Platz.
Gast:	Danke.
Kellnerin:	Was darf ich Ihnen bringen?
Gast:	Ich hätte gerne ein Alster.
Kellnerin:	Klein oder groß?
Gast:	Ein großes, bitte.
Kellnerin:	Gerne. Möchten Sie auch etwas essen?
Gast:	Ich weiß noch nicht. Vielleicht eine Kleinigkeit.
Kellnerin:	Dann bringe ich Ihnen mal die Speisenkarte mit.
Gast:	Danke schön.

Schlemihl:	Hey, Du.
Gast:	Wer? Ich?
Schlemihl:	Pssscht.
Gast:	Wer? Ich?
Schlemihl:	Genau. ... Möchtest Du ein Alster kaufen?
Gast:	Aber ich habe doch gerade eines bestellt.
Schlemihl:	Pssscht.
Gast:	Aber ich habe doch gerade eines bestellt.
Schlemihl:	Genau.
Kellnerin:	So ...
Gast:	Haben Sie gerade den Mann gesehen?
Kellnerin:	Nein. ... So... Einmal Ihr Alster. Und hier ist die Speisenkarte. Heute ist *Happy Hour*. Wenn Sie noch vor 18:00 Uhr ein Schnitzel mit Bratkartoffeln bestellen, kommt das mit dem Getränk zusammen 5,50 Euro.
Gast:	Entschuldigung.
Kellnerin:	Ja, bitte.
Gast:	Ich hatte ein Alster bestellt.
Kellnerin:	Ja.
Gast:	Was ist das?
Kellnerin:	Das ist Ihr Alster.
Gast:	Es ist trübe.
Kellnerin:	Ja.
Gast:	Wieso?
Kellnerin:	Na, von der Orangenlimonade.
Gast:	Dann ist das kein Alster.
Kellnerin:	Doch.

Gast:	Das ist ein Radler. Ein Alster ist mit Zitronenlimonade.
Kellnerin:	Oh, tut mir Leid. Bei uns ist Alster mit Orange.
Gast:	Das ist falsch.
Kellnerin:	Das machen die meisten Gaststätten hier so.
Gast:	Hier in Bielefeld vielleicht. Ich komme aus Hamburg. Dort macht man es richtig. Es ist genau anders herum.
Kellnerin:	Das tut mir Leid! Wir machen das hier so.
Gast:	Ich studiere Jura. Das ist gesetzlich festgeschrieben.
Kellnerin:	Das kann ich nicht glauben.
Gast:	Ich sagte doch, ich studiere Jura. Bringen Sie mir bitte das richtige Getränk.
Kellnerin:	Aber Sie haben ja schon davon getrunken.
Gast:	Es ist nicht das, was ich bestellt habe.
Kellnerin:	Aber Sie haben doch gesehen, dass es trübe war.
Gast:	Ich habe zunächst nicht darauf geachtet.
Kellnerin:	Ich mache mal eine Ausnahme und bringe Ihnen ein neues.
Gast:	Und diesmal bitte das richtige. Ich möchte mich ungern an anderer Stelle über Ihre Leistung unterhalten.
Kellnerin:	Wegen *falscher* Limonade?
Gast:	Wie gesagt: Ich studiere Jura.
Kellnerin:	Sie verklagen uns vermutlich.
Gast:	Nehmen Sie das nicht auf die leichte

	Schulter. Staatsanwälte machen das auch nicht.
Kellnerin:	In Hamburg vielleicht nicht. Das soll ja eine richtig ruhige Stadt sein, wo die sonst nichts zu tun haben.
Gast:	Vorsicht!
Kellnerin:	Sie studieren Jura, ich weiß.
Gast:	Sehen Sie, so langsam kommen Sie dahinter.
Kellnerin:	Ich hole mal Ihr Radler.
Gast:	Alster!
Kellnerin:	Mein Kollege an der Theke muss auch verstehen, was Sie meinen.
Gast:	Möglicherweise sollten Sie Ihr operatives Geschäft mal darauf hin überprüfen. Es könnte gerade Ihnen vieles erleichtern.
Kellnerin:	Ich werde das eventuell mal nicht anregen.
Schlemihl:	Hey, Du.
Gast:	Du schon wieder?
Schlemihl:	Pssscht.
Gast:	Du schon wieder.
Schlemihl:	Genau. ... Möchtest Du ein Radler kaufen?
Gast:	Aber ich habe doch gerade eines bestellt.
Schlemihl:	Pssscht.
Gast:	Aber ich habe doch gerade eines bestellt.
Schlemihl:	Was?
Gast:	Ein Radler
Schlemihl:	Pssscht.

Gast:	Ein Radler.
Schlemihl:	Bist Du sicher?
Kellnerin:	So …
Gast:	Haben Sie jetzt gerade den Mann gesehen?
Kellnerin:	Soo… Ihr Alster, das ein Radler war.
Gast:	Andersrum! Ich möchte mich entschuldigen. Ich war etwas grob zu Ihnen.
Kellnerin:	Schon gut.
Gast:	Ich hoffe, Sie haben da jetzt nicht reingespuckt.
Kellnerin:	Ich studiere ja kein Jura.
Gast:	Bitte?
Kellnerin:	Ist Ihnen das Getränk kalt genug?
Gast:	Selbst, wenn es nicht so wäre, bin ich Ihnen wohl ein wenig Nachsicht schuldig.
Kellnerin:	Das ist aber sehr rücksichtsvoll.
Gast:	Es ist kurz vor sechs. Ich nehme dann noch das Schnitzel mit Bratkartoffeln.
Kellnerin:	In der *Happy Hour* hat die Küche immer viel zu tun. Das könnte eine gute halbe Stunde dauern.
Gast:	Aber das macht doch nichts. Ist das Schnitzel vom Kalb?
Kellnerin:	Nein, vom Schwein.
Gast:	Gibt es Senf dazu?
Kellnerin:	Ja.
Gast:	Könnte ich stattdessen Ketchup haben?
Kellnerin:	Wir haben leider gar kein Ketchup.
Gast:	Schade. Aber es gibt bestimmt einen

	kleinen Salat dazu.
Kellnerin:	Salat kostet extra.
Gast:	Dann bleibt es beim Schnitzel mit Bratkartoffeln. Und noch ein Alster, bitte.
Kellnerin:	Sehr gerne.
Gast:	Sagen Sie: Wann haben Sie eigentlich Feierabend?
Kellnerin:	Ich glaube, ich mache heute mal eine Doppelschicht.
Schlemihl:	Hey, Du!
Kellnerin:	Wer? Ich?
Schemihl:	Pssscht.
Kellnerin:	Wer? Ich?
Gast:	Genau.
Kellnerin:	Ja, bitte?
Gast:	Das Schnitzel war leider kalt, Fräulein.
Kellnerin:	Warum haben Sie es dann gegessen?
Gast:	Ich wollte Sie nicht beleidigen. Aber ich bin nicht bereit, dafür zu bezahlen.
Kellnerin:	Reklamationen können wir bedauerlicherweise nur bearbeiten, wenn noch ein *Beweisstück* vorhanden ist.
Gast:	Das Besteck war auch dreckig. Sehen Sie?
Kellnerin:	Sie haben es ja auch benutzt.
Gast:	Es war vorher schon dreckig.
Kellnerin:	Und das Opfer war vorher schon tot, was?
Gast:	Wie bitte?
Kellnerin:	Es tut mir sehr leid. Ich studiere zwar nicht Jura, aber Sie werden bezahlen

	müssen.
Gast:	Ketchup war auch keiner dabei.
Kellnerin:	Ich sagte Ihnen, dass wir kein Ketchup haben.
Gast:	Aber das ist doch nicht mein Problem. Rein rechtlich ist kein Vertrag zustande gekommen.
Kellnerin:	Aber von Rechts wegen rauscht es gleich von rechts.
Gast:	War das etwa eine Drohung?
Kellnerin:	Natürlich.
Gast:	Nicht. Sie meinten: Natürlich nicht. Ich habe nicht das bekommen, was ich bestellt habe.
Kellnerin:	Sie können jetzt nicht einfach so gehen. Sie müssen noch bezahlen!
Gast:	Ich muss gar nichts. Ich gehe.
Kellnerin:	Setzen Sie sich bitte wieder hin. Zeche prellen wird bei uns sofort zur Anzeige gebracht. Das ist auch in Ihrem Interesse.
Gast:	Ich bitte Sie - eine Anzeige wegen unter zehn Euro wird vermutlich gar nicht erst aufgenommen.
Kellnerin:	Aber über Alster und Radler, was?
Gast:	Wie gesagt: Ich studiere immerhin Jura.
Kellnerin:	Ich rufe den Chef. Der nimmt das auch nicht auf die leichte Schulter. Wie Ihre Hamburger Staatsanwälte.
Gast:	Ich bin dann mal weg.
Kellnerin:	Bleiben Sie stehen!
Gast:	Und Tschüss, Puppe!
Kellnerin:	Wir werden Sie anzeigen.

Gast: Wenn überhaupt werde ich Ihren Laden anzeigen. Sie verkaufen schamlos falsche und mangelhafte Produkte.
Kellnerin: Und keinen Ketchup.
Gast: Also beten Sie lieber, dass wir uns nicht wiedersehen. Auf Wiedersehen.
Kellnerin: Oh, wir werden uns wiedersehen. Sie haben nämlich Ihr Handy auf dem Tisch vergessen. Ich hoffe, es war alles zu Ihrer Zufriedenheit.

Spacken

Für Venus, Zecke, Bazi, Peggy-Sue,
Aldi, Grobi, Krümel, Veilchen,
Matratze, Rabe, Spacken
und all die anderen.

Personen:
Krümel.
Rabe.

Ort: Tankstelle.

Krümel:	Rabe!
Rabe:	Krümel!
Krümel:	Du?!
Rabe:	Guck!
Krümel:	Wann haben wir uns?
Rabe:	Fünf Jahre Abi, glaube ich.
Krümel:	Da war ich nich.
Rabe:	Ja, dann …
Krümel:	Mensch!
Rabe:	Jau!
Krümel:	Wie is?
Rabe:	Muss!
Krümel:	Muss, sachste?!
Rabe:	Selbst?
Krümel:	Läuft.
Rabe:	Läuft, sachste?!

Krümel:	Jau.
Rabe:	Schmal.
Krümel:	Watt machste?
Rabe:	Tanken.
Krümel:	Sehe ich.
Rabe:	Siehste!
Krümel:	Sonst?
Rabe:	Immer noch.
Krümel:	Wirtschafts …?
Rabe:	Steuer.
Krümel:	Steuer, sachste?!
Rabe:	Jau.
Krümel:	Und dann Diesel?
Rabe:	Läuft.
Krümel:	Schmal.
Rabe:	Du Motorrad?
Krümel:	Hobby.
Rabe:	Hobby, sachste?!
Krümel:	Klar.
Rabe:	Schmal.
Krümel:	Läuft.
Rabe:	Läuft, sachste?!
Krümel:	Jau.
Rabe:	Du immer noch Kasse?
Krümel:	Nich mehr.
Rabe:	Nich mehr Kasse, sachste?!
Krümel:	Nee. War öde.
Rabe:	Öde, sachste?!
Krümel:	Jau.
Rabe:	Warum? Jeden Tach mit Geld.
Krümel:	Jeden Tach dasselbe.
Rabe:	Keinen Bock mehr auf Geld, sachste?!
Krümel:	Und Kunden, begreifste?

Rabe:	Öde.
Krümel:	Genau.
Rabe:	Und nu?
Krümel:	Fett inner Logistik.
Rabe:	Lagerleitung, sachste?! Oder eigene Firma?
Krümel:	Fahrer.
Rabe:	Fahrer?
Krümel:	Jau.
Rabe:	Fett, sachste?!
Krümel:	Fetter Transporter.
Rabe:	Schmal, sachste?!
Krümel:	Diesel.
Rabe:	Keine Kunden?
Krümel:	Jeden Tag was Neues.
Rabe:	Läuft.
Krümel:	Mal was von Spacken gehört?
Rabe:	Fährt Cabrio.
Krümel:	Nee.
Rabe:	Doch.
Krümel:	Wetterziege!
Rabe:	Jau.
Krümel:	Macht der noch?
Rabe:	Fett drin.
Krümel:	Immer noch?
Rabe:	Jau.
Krümel:	Schmal.
Rabe:	Cabrio …
Krümel:	Familie?
Rabe:	Hat.
Krümel:	Selbst?
Rabe:	Diesel.
Krümel:	Diesel, sachste?!
Rabe:	Läuft.

Krümel:	Schmal.
Rabe:	Jau.
Krümel:	Läuft gut?
Rabe:	Muss.
Krümel:	Was ist eigentlich mit dem Peggy?
Rabe:	Peggy-Sue?
Krümel:	Auch Familie?
Rabe:	Der Peggy?
Krümel:	Lass!
Rabe:	Lass gut, sachste?!
Krümel:	Das Grobi?
Rabe:	Nie wieder was.
Krümel:	Glücklich beim Bund?
Rabe:	Seit dem Abi keiner was.
Krümel:	Keiner?
Rabe:	Nix.
Krümel:	Wollte doch verpflichten.
Rabe:	Jau.
Krümel:	Komisch.
Rabe:	Verschollen. Vermutlich in Kabul erschossen wegen hässlich.
Krümel:	Kann.
Rabe:	Hat Venus mal gesagt. Unsere Schönheit wird am Hindukusch verteidigt.
Krümel:	Wir schaffen das. Die hätte sich doch vor Dummheit selbst erschossen.
Rabe:	War nicht so dumm wie unser Aldi-Toast.
Krümel:	Stimmt.
Rabe:	Die ist jetzt Richterin.
Krümel:	Wer?
Rabe:	Aldi.
Krümel:	Nee.
Rabe:	Doch.

Krümel: Wetterziege!
Rabe: Jau. Genau!
Krümel: Lebt Bazi noch?
Rabe: War lange Krankenhaus.
Krümel: Krankenhaus, sachste?!
Rabe: Lange. Jau.
Krümel: Was hat er?
Rabe: Fährt Benz.
Krümel: Benz, sachste?
Rabe: Den großen.
Krümel: Hatte Sahne, was?
Rabe: Läuft.
Krümel: Wetterziege! Wollste mal lachen?
Rabe: Kloß.
Krümel: Zecke ist jetzt Landtag.
Rabe: Nee.
Krümel: Doch.
Rabe: Putzen?
Krümel: Keinen Dunst. Ist aber Landtag.
Rabe: Schmal.
Krümel: Jau.
Rabe: Hat sich Matratze denn einen geholt?
Krümel: Jau.
Rabe: Die ist damals ganz schön rumgekommen.
Krümel: Die hab ich verpflichtet.
Rabe: Nee.
Krümel: Doch.
Rabe: Jetzt doch?
Krümel: Jau.
Rabe: Wetterziege!
Krümel: Nee.
Rabe: Seit?
Krümel: Drei oder vier Jahre jetzt.

Rabe: Nee.
Krümel: Doch.
Rabe: Du, ich muss da durch. Verpflichtungen.
Krümel: Man sieht, Rabe.
Rabe: Auf jeden, Krümel.
Krümel: Lass uns mal wieder …
Rabe: Machen wir. Auf jeden.
Krümel: Mach Dir einen!
Rabe: Lass Dir einen!
Krümel: Tz, Diesel!

Suppenhuhn

Personen:
Verkäufer.
Kundin.
Kunde.

Ort: Wochenmarkt.

Kundin:	Schönen guten Morgen! Ich hätte gerne ein Suppenhuhn.
Verkäufer:	Da haben Sie aber Glück. Ich habe noch genau eines.
Kundin:	Ich habe meinen Bus verpasst. Suchen Sie mir bitte das schönste raus.
Verkäufer:	Ich habe nur noch eines.
Kundin:	Wenn es geht, nicht das fettigste.
Verkäufer:	Es ist mein letztes. Das müssten wir dann schon nehmen.
Kundin:	Schön groß, aber bitte nicht zu fettig.
Verkäufer:	Hier habe ich eines.
Kundin:	Das schönste?
Verkäufer:	Ich habe Ihnen das schönste rausgesucht.
Kundin:	Ist das auch nicht zu fettig?
Verkäufer:	Nein, das ist schön mager, so, wie ein Suppenhuhn sein soll.
Kundin:	Ist es auch schön groß?

Verkäufer:	Sehr schön groß.
Kundin:	Zeigen Sie mal!
Verkäufer:	Bitte.
Kundin:	Hm. Haben Sie kein anderes? Ich habe heute meine Brille vergessen.
Verkäufer:	Nein, das ist mein letztes.
Kundin:	Kann ich auch ein halbes haben?
Verkäufer:	Sicher, aber dann ist es nicht mehr so groß.
Kundin:	Nicht?
Verkäufer:	Nein, dann ist es nur noch halb so groß.
Kundin:	Haben Sie kein größeres mehr?
Verkäufer:	Nein, das ist, wie gesagt, mein letztes.
Kundin:	Und hat das andere da nicht mehr Fett?
Verkäufer:	Aber Sie wollten doch kein Fett.
Kundin:	Aber das da sieht gut aus.
Verkäufer:	Das ist eine Gans. Aber ohne Brille …
Kundin:	Für die Suppe?
Verkäufer:	Viele machen sie eher als Braten. Und das Tier kostet um die 60 Euro.
Kundin:	Für ein Suppenhuhn?
Verkäufer:	Für die Gans.
Kundin:	Ich wollte ein Suppenhuhn.
Verkäufer:	Hier habe ich ein schönes.
Kundin:	Ist das auch schön groß?
Verkäufer:	Ja.
Kundin:	Und nicht so fettig?
Verkäufer:	Nö.
Kundin:	Zeigen Sie mal!
Verkäufer:	Bitte schön!
Kundin:	Könnten Sie mir vielleicht noch etwas Fett aus einem anderen Huhn knib-

	beln?
Verkäufer:	Ich habe nur noch das eine. Und Sie wollten es nicht so fett.
Kundin:	Ja, das sieht gut aus. Das nehme ich.
Verkäufer:	Sehr gerne.
Kundin:	Wissen Sie, ich sehe ja nicht mehr so gut.
Verkäufer:	Und haben heute Ihre Brille vergessen.
Kundin:	Ich verlasse mich jetzt mal auf sie.
Verkäufer:	Das können Sie.
Kundin:	Ich kaufe ja immer bei Ihnen, schon seit Jahren.
Verkäufer:	Ich weiß. Das ist doch auch schön.
Kundin:	Könnten Sie mir das Huhn in der Mitte teilen? Ich habe zuhause ja kein scharfes Messer, und mein Topf ist nicht so groß.
Verkäufer:	Sicher. Und bald ist ja Weihnachten.
Kundin:	Hühnersuppe zu Weihnachten?
Verkäufer:	Nein, aber zum Feste kann man sich ja mal ein scharfes Messer oder einen großen Topf wünschen, meinte ich.
Kundin:	Ach, ich kriege ja nicht mehr so viel Besuch. Die Kinder kommen auch nur noch selten.
Verkäufer:	Jaja, so ist das.
Kundin:	Früher habe ich zu Weihnachten immer eine Gans gemacht, aber das ist ja jetzt zu viel für mich alleine.
Verkäufer:	Das verstehe ich. Man will ja auch nicht tagelang davon essen.
Kundin:	Wie lange müsste ich so eine Gans denn kochen?

Verkäufer:	Kochen?
Kundin:	Also im Ofen.
Verkäufer:	Man rechnet pro Kilo ungefähr eine Stunde.
Kundin:	Das kann nicht sein. Und glauben Sie mir, ich habe schon viele Gänse gemacht. Erst letztes Jahr, als die Kinder noch kamen.
Verkäufer:	Wie lange war die denn im Ofen?
Kundin:	Bestimmt fünf Stunden.
Verkäufer:	Und wie schwer war die?
Kundin:	Bestimmt fünf Kilo.
Verkäufer:	So, ich habe Ihr Suppenhuhn geteilt.
Kunde:	Das ist doch kein Suppenhuhn.
Verkäufer:	Ach, nein?
Kundin:	Nicht?
Kunde:	Hören Sie mal, junger Mann, wir haben früher selbst Hühner gehabt. Ich weiß, wie ein Suppenhuhn aussehen muss.
Verkäufer:	Wie denn? Ach, ich habe ja noch das Messer in der Hand …
Kunde:	Anders halt. Nach dem Krieg sahen die anders aus.
Verkäufer:	Der Krieg ist fast achtzig Jahre her, und Sie sind höchstens 50.
Kunde:	Trotzdem sahen sie anders aus.
Kundin:	Das ist gar kein Suppenhuhn?
Kunde:	Naja, vielleicht liegt es ja auch an der Suppenhuhn-Grippe zur Zeit.
Verkäufer:	An was?
Kundin:	Ja, da habe ich von gehört.
Kunde:	Erst der Enten-Wahnsinn, dann das Dioxin in den Puten, schließlich die

	Eier-Pest und jetzt das. - Die Suppenhuhn-Grippe.
Verkäufer:	Das ist doch alles Quatsch!
Kundin:	Vielleicht sollte ich doch etwas anderes nehmen.
Kunde:	Ich nehme dann das Suppenhuhn.
Kundin:	Ich dachte, das ist gar kein Suppenhuhn.
Verkäufer:	Das ist ein Suppenhuhn.
Kunde:	Lassen Sie es mir etwas günstiger?
Verkäufer:	Warum sollte ich?
Kundin:	Weil früher die Suppenhühner anders aussahen?
Verkäufer:	Also normalerweise bin ich hier derjenige, der über Preisnachlässe entscheidet. Und durch die Grippe wird alles etwas teurer.
Kunde:	Packen Sie es bitte ein.
Kundin:	Aber ich bin doch dran.
Verkäufer:	Wollen Sie die Gans?
Kundin:	Ich wollte ein Suppenhuhn.
Verkäufer:	Tut mir Leid! Das war mein letztes.

Masken

*„Möglicherweise sind wir zu wählerisch.
Wir warten auf etwas Maßgeschneidertes
in einer Welt von der Stange."*
(Benjamin Franklin Pierce)

Personen:
Annika.
Martin.

Ort: Bahn.

Martin:	Guten Morgen. Ist hier noch frei?
Annika:	Ja. Bitte schön. *Wie attraktiv!*
Martin:	*Hübsch!*
Annika:	*Wen haben wir denn da? Lecker.*
Martin:	*Sie lächelt mich an. Was für schöne Augen! Reh-Augen. Mit süßen Lach-Fältchen. Schade, dass man hinter der Maske ihr Gesicht nur erahnen kann.*
Annika:	*Hat er nun zurückgelächelt? Ich würde gerne sein ganzes Gesicht sehen. Seine Haare sind gut frisiert. Etwas länger, das mag ich. Sie sehen sehr weich aus.*
Martin:	*Pferdeschwänze sind die schönsten Frisuren der Welt. Ihre Nägel sind nicht angemalt. Eitel scheint sie nicht*

	zu sein.
Annika:	*Ein muskulöser Mann. Er könnte mich bestimmt ohne Mühe hochheben.*
Martin:	*Kleine Öhrchen. Niedlich.*
Annika:	*Aber was für lange, schlanke Finger er hat! Er spielt bestimmt ein Instrument, ein zartes Instrument.*
Martin:	*Die Jeans sind eng, aber nicht zu eng. Sie hat schöne Beine.*
Annika:	*Turnschuhe. Schlicht, aber Marke.*
Martin:	*Einfarbiger Kuschel-Pulli. Passend für die Jahreszeit. Ihren Oberkörper kann man nur erahnen. Aber man möchte irgendwie mitkuscheln.*
Annika:	*Seine Augen strahlen. Da sind kleine Fältchen, als ob er oft Lachen würde.*
Martin:	*Martin, Du starrst sie an.*
Annika:	*Was prokelt er denn jetzt in seinem Rucksack herum?*
Martin:	*Wo ist denn diese Dose?*
Annika:	*Oh, er legt ein Buch auf den Sitz. „Die Welt als Wille und Vorstellung. Von Arthur Schopenhauer." Was sucht er denn jetzt noch?*
Martin:	*In meinem Rucksack herrscht eine Ordnung wie bei einem Mädchen. Was soll sie denn jetzt nur denken?*
Annika:	Die Welt als Wille und Vorstellung. *Ob das möglich ist?*
Martin:	*Ihre fast makellose Garderobe. Sie konzentriert sich vermutlich immer nur auf das Wesentliche.*
Annika:	*Die Welt als Wille. Ja, ich will.*
Martin:	*Selbst dann, wenn es Wichtigeres als*

	das Wesentliche gibt.
Annika:	*Die Welt als Vorstellung. Ich stelle mir vor...*
Martin:	*Sie ist sehr auf Außenwirkung bedacht. Entweder verlangt das ihr Job, oder man hat es ihr so eingeimpft.*
Annika:	*Ich stelle mir vor, dass ein weißes Kaninchen an uns vorbeihüppelt.*
Martin:	*Aber manchmal will sie das gar nicht. Dieses Was sollen die Nachbarn denken? kommt von ihrer Mutter. Sie hasst es.*
Annika:	*Hm. Kein Kaninchen.*
Martin:	*Ihr Auto ist immer aufgeräumt und sauber. Nur das Kartenfach auf der Fahrerseite zeugt von ihren Sehnsüchten. Das ist der Ort, an der sich die Tücher wohl fühlen, mit denen sie bei schlechter Sicht hastig über die Scheiben wischt, wo sie und alles sein darf, wie sie will. Gleich neben dem Klümpchen-Papier.*
Annika:	*Schade! Nicht mal ein schwarzes.*
Martin:	*Alice sucht ihr Wunderland. Doch wenn es jemand sieht, dieses Kartenfach auf der Fahrerseite, diese sympathische kleine menschliche Unzulänglichkeit glaubt sie, man hätte einen Makel oder eine Schwäche an ihr erkannt.*
Annika:	*Ich stelle mir vor, sein Name ist ... Ich weiß nicht.*
Martin:	*Und dann ärgert sie sich über ihr eigenes Zaudern, weil man ihr falsch*

	beigebracht hat, wie reizvoll ihr und nur ihr Chaos ist.
Annika:	Das Kaninchen würde ich jedenfalls Martin nennen.
Martin:	Sie ärgert sich, nicht aufgeräumt zu haben. Wie blöd, den Platz seiner Sehnsüchte aufzuräumen! Wo ist jetzt diese Drecks-Dose? Ich sollte meinen Rucksack mal ausmisten.
Annika:	Die Welt als Wille und Vorstellung. Eine nette Idee!
Martin:	Mensch, Martin, Deine Phantasie geht heute Morgen aber mit Dir ganz schön weit spazieren. Das alles kannst Du aus dem kleinen Fleck auf ihrem Knie nicht schließen. Wie sie wohl heißt? Ah, hier ist sie ja!
Annika:	Kalter Kaffee aus der Dose. Jetzt muss er die Maske zum Trinken mal abnehmen. Wow! Starr´ ihn doch nicht so an, Du blöde Kuh!
Martin:	Was holt sie denn jetzt aus ihrer Tasche? Oh, nein. Ein Handy. Vermutlich tippt sie jetzt die ganze Zeit darauf herum.
Annika:	Er ist insgesamt gut gekleidet. Zu gut. Etwas Kuscheliges würde ihm gut stehen. Vermutlich reiche Eltern. Pah! Nichts dahinter. Von Beruf Sohn oder so. „Papi, kann ich mir Samstag den Porsche leihen? Bitte! Nur den kleinen."
Martin:	Sie schaut Ihr Handy an, als sie so etwas noch nie gesehen hätte. Na,

schon was Wichtiges bei Facebook verpasst? Schau schnell, Mädchen! Deine Freundinnen könnten etwas Wichtiges geschrieben haben.

Annika: *So, wie geht das jetzt mit diesem Teil?*

Martin: *Als ob sie nicht wüsste, wo ihr eigenes Handy angeht. Ach, Martin, denk' nicht so böse! Vielleicht ist sie ja ganz nett. Vielleicht sollte ich auch mal kurz auf mein Telefon gucken? Der Spiegel-Trick.*

Annika: *Na bitte. Jetzt schaut er auch auf sein Handy. Also vielleicht wohl doch ein Normalo. Was für Kontakte er wohl hat? Vermutlich alles Sportler und schöne Frauen.*

Martin: *Sie guckt so seltsam. Ein Lächeln ist das nicht. Schnell weg mit dem Handy! Ich lese mal lieber ein wenig.*

Annika: *Stubenhocker. Streber. Nee, nicht mit der Figur. Also ein Angeber, der glaubt, er könne sich Arroganz leisten. Er versteht vermutlich kein Wort von dem, was er da liest.*

Martin: *Jetzt habe ich einen Absatz gelesen und keine Ahnung, was darin stand. Ich kann mich einfach nicht konzentrieren. Daran ist sie schuld!*

Annika: *Jetzt sieht er noch verträumt hinaus. Trink' noch einen Schluck! Nimm die Maske nochmal ab!*

Martin: *Wenn es so dunkel ist, kann ich sie in der spiegelnden Scheibe sehen. Verdammt, sie hat ja mich beobachtet.*

Annika:	*Oh nein, jetzt haben sich unsere Blicke im Fenster getroffen.*
Martin:	*Schnell weiterlesen. Mist! Jetzt habe ich Kaffee auf dem Knie.*
Annika:	*Hihi. Konzentriere Dich auf dieses verdammte Handy, Mädchen. Oder nimm' die Scheibe auf der anderen Seite. Vorhänge. Mist!*
Martin:	*Weiterlesen, Martin. Ob Du es verstehst oder nicht. Und vergiss nicht, irgendwann mal umzublättern. Aber das Lesezeichen bleibt da, wo es ist.*
Annika:	*Na toll, jetzt guckt er wieder in sein Buch. Er ist doch wohl nicht schüchtern? Wäre das süß!*
Martin:	*Du wirkst ja albern, Du Vollpfosten! Wie ein kleiner Junge. Stell' Dich doch vor. Frag' nach ihrem Namen, wohin sie fährt. Was sucht sie denn jetzt?*
Annika:	Klümpchen? *Lächeln, Annika, aber nur ein wenig, nicht aufdringlich. Wie soll das mit dieser verdammten Maske eigentlich gehen?*
Martin:	Nein, Danke! Aber sehr nett von Ihnen. *So, jetzt. Verflucht, sie schiebt das Klümpchen unter der Maske durch. Ich habe nichts, was ich ihr anbieten könnte.*
Annika:	*Rede doch, Mann, Du Mann! Sag' doch was über Klümpchen! Mach' einen Witz. Wenn Du lachst, kommt es bestimmt immer vom Herzen.*
Martin:	*Wie alt mag sie wohl sein? Ihre Augen*

sehen so jung aus. Aber den Händen nach könnte sie auch schon auf der Uni sein. Tolle Hände! Ganz zierlich. Sie sehen weich aus. Aber sie spielt bestimmt Geige oder so was. Früher waren Pferde ihr Hobby. Heute spielt sie Geige. Sie ist tierlieb und musiklieb. Und sie hat ein großes Herz. Ach, Martin, so jemanden trifft man nicht einfach so im Zug.

Annika: *Ob er älter ist als ich?*
Martin: *Sie hat bestimmt einen großartigen Humor, einen großen Humor. Sie lacht gerne und viel. Und sie hat einen intelligenten Humor. Sie ist bestimmt intelligent.*
Annika: *Auf was für Musik er wohl steht?*
Martin: Ich fand' mein Glück im Zug nach Osnabrück. Wie komme ich denn jetzt auf den Scheiß? Pferde, Geige. Martin, Du hast heute Morgen echt einen kleinen Klopfer. Naja, sie ist ja die Kluge von uns beiden.
Annika: *Wo er wohl mit seinen Gedanken ist? Bei seinem Buch jedenfalls nicht. Er guckt so glasig. Vermutlich denkt er an ... Ich weiß nicht. Er ist geheimnisvoll.*
Martin: *Sie lacht bestimmt mehr als Du, Martin. Ihr Leben ist leichter. Das Leben mit ihr ist leichter. Bestimmt kann sie toll tanzen. Sie tanzt zu Cat Stevens und kuschelt bei Guns 'n' Roses. Sie macht eben alles ein wenig... schöner.*

Annika:	*In seiner Wohnung gibt es vermutlich viele Bücher, aber sie ist sauber und aufgeräumt. Er hat einen kleinen Balkon. Den liebt er. Und den Ohren-Sessel von seinem Großvater, in dem er liest. Nur sein Schreibtisch ist ein Chaos, und Lesezeichen stecken in fünf verschiedenen Büchern. Annika, jetzt gehen aber die Pferde mit Dir durch.*
Martin:	*Sie ist bestimmt ein interessanter Mensch. Ich bin neugierig auf sie. Sag' was, Du Pfeife!* Kann ich Ihnen mit dem Handy behilflich sein?
Annika:	Nein, danke. Wissen Sie, es ist nicht mal meines. *Oje, das kann er ja gar nicht verstehen, Annika.*
Martin:	*Nicht ihr Handy? Was soll das denn? Von ihrem Freund? Oh, wir sind schon an der Porta.*
Annika:	*Oh, die Porta.*
Martin:	*Grauenhafte Erinnerungen! Mein erstes Date mit einer Frau aus dem Internet. Das hat gleich am ersten Abend mit Knutschen auf der Porta geendet. Ach, wenn es da mal geendet hätte.*
Annika:	*Stefan kam doch von hier. Was für ein Idiot!*
Martin:	*Und später in ihrem Bett hatte ich nicht mal den Hauch einer Ahnung, was sie glücklich machen würde. Sie wollte unbedingt mit mir schlafen, und dann hat sie sich beschwert, dass ich*

	zu viel Rücksicht auf ihre Bedürfnisse nehmen würde.
Annika:	*Wie kann man nur auf diesen Bahnsteigen Schluss machen?*
Martin:	*Das sei sie von Männern nicht gewohnt und hat mich rausgeworfen. Vermutlich war sie eh nur auf ein einziges Mal raus.*
Annika:	*Und noch während der Zug einfuhr, ging er ans Handy und telefonierte mit seiner Neuen...*
Martin:	*Ihre Wildleder-Stiefelchen haben nicht einen Fleck. Das ist doch seltsam.*
Annika:	*Der Schopenhauer hält sich vermutlich auch Frauen wie Pferde.*
Martin:	*Hinter dieser Uneitelkeit steckt bestimmt Arroganz. Blanke Arroganz. Oh, seht mich an, ich bin hübsch, ich habe Busen, ich kann jeden Mann haben und wie Dreck behandeln.*
Annika:	*Der glaubt nur an sich selbst und was er selbst bestiegen hat. Führt wahrscheinlich eine Liste seiner Eroberungen - mit Fotos. Igitt!*
Martin:	*Oder vermutlich läuft sie jeden Sonntag in die Kirche. Gott wird uns alle erlösen und so. Ob ich die frohe Botschaft schon gehört habe? Danke, keinen Bedarf.*
Annika:	*Oder er ist schwul. Ganz einfach schwul. Das kann es sein.*
Martin:	*Klümpchen zum Kaffee. Was glaubt die eigentlich? Die frohe Botschaft!*

	Dabei hat sie in ihrem Leben noch nicht einmal herzlich gelacht. Denn der Glaube ist ernst, und Gott ist streng. Jaja.

Annika: *Nee, er hat keine Lieblings-Musik. Er hört alles, was seine Freunde gut finden. Oder er hört den ganzen Tag Klassik und gibt vor, das gut zu finden. Von Metallica hat er noch nie was gehört.*

Martin: *And nothing else matters...*

Annika: *Ich kann sein After-Shave in der Unterhose ja bis hierhin riechen. Er hat bestimmt einen ganz ordentlichen Kleiderschrank. Männer mit aufgeräumtem Kleiderschrank... Fürchterlich!*

Martin: *Pingelig ist sie! Frauen mit einem ganz ordentlichen Kleiderschrank ... Fürchterlich! Oder sie lässt überall ihre Wäsche herumliegen. Frauen, die überall ihre Wäsche herumliegen lassen. Entsetzlich!*

Annika: *Er schmeißt immer seine dreckigen Socken abends auf den Stuhl. Männer, die überall ihre Wäsche herumliegen lassen. Entsetzlich!*

Martin: *Sie hat vermutlich ganz kalte Füße, wenn sie ins Bett kommt. Und noch ein Lied im Kopf. Bestimmt hört sie den ganzen Tag nur Radio-Gedudel und so einen weichgespülten Kuschelrock-Blödsinn. Und sie schaut Frauen-Filme, ganz fiese Frauen-Filme.*

Die mit Robert Redford. Ganz Mädchen eben. Nur wenn sie ausgeht, ist es ihr noch egaler, was sie selbst mag. Dann wird zu jedem Dreck getanzt. Und sie lacht sich mit ihren Freundinnen darüber kaputt, wie die Männer sie ansehen, ihr auf die Brüste starren.

Annika: *Mit seinen Freunden an der Döner-Bude abhängen und über die Brüste von Frauen reden. Jaja. Döner und Pizza. Er kann wahrscheinlich nicht mal ein Spiegelei braten.*

Martin: *Und sie ist Vegetarierin. Nein, Veganerin. Aus Überzeugung. Das ist ihre Religion. Und redet sich ein, dass das gesund sei. Und sie will alle anderen überzeugen und die Welt retten. Haben Sie die frohe Botschaft schon empfangen? Oder sie gehört zu diesen Leuten, die nur essen, was der Apfelbaum freiwillig abwirft. Jeden Morgen einen Smoothie, einen gesunden Smoothie, einen gesunden Grünkohl-Smoothie, den der Grünkohl freiwillig... Ach, was weiß denn ich?*

Annika: *Urlaub auf Ballermalle.*
Martin: *Ferien im Pauschalhotel.*
Annika: *Dann grillt er mit freiem Oberkörper.*
Martin: *Mit Liebe und Zärtlichkeit legen ihre sanften Hände eine einzige ganze geröstete Mandel auf das Gemüse.*
Annika: *Kochen ist nicht sinnlich!*
Martin: *Kochen ist überhaupt nicht sinnlich!*

Annika: *Er hat nicht die Spur von Humor. Lacht vermutlich über jeden Scheiß, aber nie von Herzen. Immer nur gekünstelt. Er wird auf Dauer verrückt. Oh, die Midlife-Krise wird ihn erwischen. Alles an ihm ist Maske.*

Martin: *Und sie hat einen Freund. Sie macht andere Männer zu ihrem Vergnügen an und hat dabei einen Freund. Alles an ihr ist Maske. Ganz bestimmt hat sie einen Freund. So eine gut aussehende Frau bleibt doch nicht lange allein.*

Annika: *Dieser schwule Macho mit dem treuen Blick! So einen Hund hätte ich gerne.*

Martin: *Und sie hat einen Hund. Ja, genau. Einen Freund und einen Hund. Der Hund kläfft ihren Freund dauernd an. Nur mich mag er.*

Annika: *Ein wenig Poesie traue ich ihm schon zu.*

Martin: *So eine fanatische Frauen-Filmchen-Fetischistin. Obwohl „Harry und Sally" verdammt gut ist.*

Annika: *Ich würde gerne wissen, ob er romantisch sein kann. Es ist bestimmt schön anzuhören, wenn er seinen Kindern Märchen vorliest. Oder mir?*

Martin: *„Love story", „Der englische Patient", „Schlaflos in Seattle" ... Alles keine schlechten Filme.*

Annika: *Mit ihm würde es vielleicht auch Spaß machen,* Star Wars *zu gucken. Kuschel-Film-Abend auf der Couch mit*

	Star Wars. *Nicht Robert Redford. Mit ihm ist das Leben eben leichter.*
Martin:	*Unter dieser Maske hat sie bestimmt so ein süßes Kaninchen-Näschen wie das von Meg Ryan.*
Annika:	*Er weint bei den „Blues-Brothers" und lächelt bei Dickens' Weihnachtsgeschichte. Bei ihm ist eben alles ein bisschen ... schöner.*
Martin:	Ich muss hier aussteigen. *Jetzt hätte ich gerne ein Klümpchen.*
Annika:	You say goodbye.
Martin:	And I say hello.
Annika:	Die Beatles.
Martin:	Die Besten!
Annika:	Darf ich Sie etwas fragen?
Martin:	Bitte! *Frag', ob Du mir Deine Nummer geben darfst!*
Annika:	Robert Redford oder die Blues-Brothers?
Martin:	*Häh?* Blues-Brothers natürlich.
Annika:	Das dachte ich mir. *Natürlich!*
Martin:	Darf ich Sie auch etwas fragen?
Annika:	*Bitte frag', ob Du mir Deine Nummer geben darfst!* Gleiches Recht für alle.
Martin:	Sind Sie im Auftrag des Herrn unterwegs? ... Ich wusste, dass Sie lachen würden. *Von Herzen!*
Annika:	Schönen Tag noch. *Kennst Du den Platz zwischen Wachen und Schlafen, wo Deine Träume noch bei Dir sind?*
Martin:	*Da werde ich auf Dich warten.* Danke, und eine angenehme Weiterreise. *Und ich hätte da noch eine Nummer*

	für Dein neues Handy. Frag' doch! Mach' Dir ein Lesezeichen ins Wunderland. Wir reißen uns einfach die Masken vom Gesicht und küssen uns. Hier und jetzt.
Annika:	Oh, ja. Danke! *Ich wünschte, er hätte mir seine Nummer gegeben. Warum habe ich ihm nicht meine gegeben? Annika, Du bist so doof! Ob ich mal die Mutter von diesem Penner anrufen soll?*

Schulden

Personen:
Frau Doktor.

Ort: Bett.

Frau Doktor: Hallo, Sohnemann. Entschuldige, Du hast mich gerade geweckt. ... Hallo? ... Hallo? ... Ich kann Sie schlecht verstehen. ... Ach, Sie sitzen in der Bahn. ... Mein Name? Was geht Sie das an? Überhaupt wer ... Bitte, sprechen Sie doch etwas langsamer. Wer ist denn da bitte? ... Heidi Klum? ... Wir kennen uns nicht, oder? Ist was mit Charles-Henri? Ist ihm was passiert? ... Sie waren mit ihm essen. Das freut mich, Frau Klum, aber ... Ein Radler? ... Frau Klum, ich kann Sie wirklich schlecht verstehen. ... Er studiert Jura, jaja. Aber was hat das? ... Schnitzel mit Bratkartoffeln? Ich weiß wirklich nicht, worauf Sie ... Nicht bezahlt? ... Ach, Sie wollen sein Geld? Das kann ich mir vorstellen. Das wollen alle Frauen von meinem Charles-Henri. Immer nur das eine! ... Wie? Das können Sie sich vorstellen? ... Wieso telefonieren Sie denn jetzt mit seinem Handy? Was ist da gelaufen zwischen Ihnen? ... Er ist weggelaufen? Dann überlegen Sie mal warum. ... Ja, sonst hätte er Ihnen auch etwas anderes als Schnitzel mit Bratkartoffeln geboten. Da können Sie sicher sein. ... Wie? Darum geht es nicht? Worum geht es denn? ... Nicht bezahlt? ... Ja, haben Sie sich denn auch als eine von denen zu erkennen gegeben? ... Sie wissen schon. ... Na, diese Frauen hinterm Bahnhof. Muss ich es wirklich aussprechen? ... Jetzt werden Sie mal nicht laut! ... Das Handy? Ach, behalten Sie es. Wer weiß, wo Ihre Hände schon überall... ... Frau Klum, ich bitte Sie, meinen Charles-Henri und meine Familie zu verschonen. ... Ich kann Ihnen nur einen Tipp geben: Sie sollten auch etwas studieren und sich einen reichen Mann angeln. Glauben Sie mir – ich weiß, wovon ich rede. Das lohnt sich. ... Ach, Sie studieren bereits. ... Deutsch und Kunstgeschichte auf Lehramt? Nein, nein, Kindchen, Sie haben mich falsch verstanden. Einen reichen Mann! Also: Jura, Medizin, BWL... Jaja, viele fragen mich sehr oft um Rat. ... Was meinen Sie mit unpoetische Langeweiler? Poesie zahlt keine Rechnungen, Mäuschen. Aber Sie als Sexualdienstleisterin wissen das ja vermutlich. ... Frau Klum ... Jetzt hören Sie doch auf zu schreien. ... Martin, das Kaninchen? ... Im Zug? ... Beruhigen Sie sich doch bitte! Ich habe es doch nur gut gemeint. ... Das Handy schicken Sie vielleicht doch besser meinem Sohn zurück. Ich denke, mit wertvollen Dingen können Sie nicht umgehen. ... Wir schulden Ihnen gar nichts, damit das mal klar ist. ... Nein, auch kein Schnitzel und Radler. ...

Bestimmt nicht! Wissen Sie was? Behalten Sie einfach das Handy. ... Nein, das werde ich meinem Sohn ganz sicherlich nicht ausrichten. Ich werde ihm gar nichts ausrichten. Er bekommt höchstens ein neues Handy von mir. ... Nein, das alte will er bestimmt nicht wiederhaben. ... Unterstehen Sie sich, irgendwelche Nummern aus den Kontakten anzurufen! ... Wilde Boys in engen Jeans? ... Das ist mit Sicherheit nicht in den Kontakten. ... Ich werde Sie anzeigen, Frau Klum. ... Mein Sohn studiert immerhin Jura. ... Fahren Sie mal weiter schön mit der Bahn und angeln Sie sich einen anderen unbedarften Mann! ... Was? Träumen Sie weiter! ... Ja, von mir aus auch was Schönes. ... Nun weinen Sie doch nicht, Frau Klum. Wenn Sie meinen Rat befolgen, wird schon alles gut werden. ... Leben Sie wohl.

Aale (Largo)

Personen:
Joseph.
Heinz.

Ort: Fluss.

Joseph:	Äh, auf, äh, auf was, auf was, äh, auf was gehen Sie denn?
Heinz:	Och ... Aale?
Joseph:	Ach! Aha! Aale angeln?
Heinz:	Jau.
Joseph:	Apfel?
Heinz:	Was für einen?
Joseph:	Aus dem alten Land.
Heinz:	Gerne.
Joseph:	Aha! ... Aale fängt man aber am besten nachts.
Heinz:	Ich weiß.
Joseph:	Aha! Haben Sie den Köder auf Grund gelegt?
Heinz:	Nö. Ich habe gar keine Gewichte dran.
Joseph:	Ach! Aha! Aber Aale fängt man doch am besten auf Grund.
Heinz:	Ich weiß.
Joseph:	Ach! ... Mit was ködern Sie denn: Brot, Maden, Teig, Würmer, Obst?
Heinz:	Mit nix.

Joseph:	Aha! ... Nix?
Heinz:	Nö.
Joseph:	Ach! ... Sie gehen bei sengenden Sonne ohne Köder mit einem Haken ohne Gewichte auf Aale?
Heinz:	Jau.
Joseph:	Ach! Aha! ... Und die sollen auf den blanken Haken beißen?
Heinz:	Nö.
Joseph:	Aha! ... Haben Sie denn mit dieser Einstellung schon mal Fische gefangen?
Heinz:	Nö.
Joseph:	Aha! ... Aber so wollen Sie Fische fangen?
Heinz:	Nö.
Joseph:	Aha!
Heinz:	Ich darf gar keine Fische fangen.
Joseph:	Ach! Sie dürfen keine Fische fangen?
Heinz:	Nö.
Joseph:	Aha! ... Wieso das nicht?
Heinz:	Meine Frau. Das Schuppen, das Ausnehmen. Dann ist wieder die ganze Küche dreckig. Außerdem mag sie Fisch nicht sonderlich. Also darf ich keine Fische fangen.
Joseph:	Ach! Aha! Aber wenn Sie keine Fische fangen dürfen, warum gehen Sie dann angeln?
Heinz:	Aber ich musste doch heute einfach angeln gehen.
Joseph:	Ach! Aha! Sie mussten heute angeln gehen?
Heinz:	Jau.

Joseph: Wieso das?
Heinz: Das war die Idee meiner Frau.
Joseph: Ach! Aha!

Koblenz

Personen:
Marianne.
Ingeborg.

Ort: Stadtbus.

Ingeborg:	Apfel?
Marianne:	Oh, die sind aber schön rot.
Ingeborg:	Aus dem alten Land.
Marianne:	Ja. Den kenne ich noch von früher.
Ingeborg:	Wir sind gleich schon am Rathaus.
Marianne:	Wir sind in Koblenz?
Ingeborg:	Nein, Marianne. Paderborn. Wir sind in Paderborn.
Marianne:	Überall heißt alles immer gleich.
Ingeborg:	Was denn?
Marianne:	Rathaus, Theater, Markt, Bahnhof …
Ingeborg:	Das verwirrt Dich, oder wundert Dich?
Marianne:	Ist doch wahr!
Ingeborg:	Aber wie sollte das Rathaus denn sonst heißen?
Marianne:	Rathaus Bielefeld.
Ingeborg:	Heißt es auch.
Marianne:	Warum sagst Du das dann nicht, Ingeborg?
Ingeborg:	Also, oft muss man das nicht so aus-

	drücklich sagen.
Marianne:	Warum nicht?
Ingeborg:	Ich glaube, die meisten Menschen wissen, in welcher Stadt sie sind.
Marianne:	Wie denn, wenn das überall gleich heißt?
Ingeborg:	Sie wohnen und arbeiten hier.
Marianne:	Warum?
Ingeborg:	Die Macht der Gewohnheit.
Marianne:	Früher hätte es so etwas nicht gegeben, Ingeborg.
Ingeborg:	Was?
Marianne:	Damals war nicht alles schlecht.
Ingeborg:	Was denn, Marianne?
Marianne:	Vieles hatte seine Ordnung, auf die man sich auch verlassen konnte. Der Staat hat sich halt gekümmert, Ingeborg. Eine Schande, dass sie den ans Kreuz geschlagen haben.
Ingeborg:	Wen? Den Staat?
Marianne:	Hitler.
Ingeborg:	Den haben sie nicht ans Kreuz geschlagen.
Marianne:	Doch! Nachdem sie den Straftäter freigelassen haben.
Ingeborg:	Das war nicht Hitler, das war Jesus.
Marianne:	Und wer wollte das ganze Land von den Juden befreien?
Ingeborg:	Das war Hitler. Jesus wollte das ganze Land von den Römern befreien.
Marianne:	War der nicht selber Römer?
Ingeborg:	Nein, Jesus war Jude.
Marianne:	Und den wollte Hitler loswerden.
Ingeborg:	Marianne, Du musst doch wissen, wer

	Hitler war.
Marianne:	Miller hieß er, nicht Hitler, Hank Miller.
Ingeborg:	Wer jetzt? Hitler?
Marianne:	Der Corporal, 45 in Koblenz. Der hieß Hank Miller. Von dem habe ich doch den Hans.
Ingeborg:	Du hast Deinen Hans von einem amerikanischen Soldaten?
Marianne:	Ja.
Ingeborg:	Weiß Dein Mann denn davon?
Marianne:	Der kam ja erst lange nach dem Krieg nach Hause.
Ingeborg:	Weiß Ewald es, oder nicht?
Marianne:	Weiß nicht.
Ingeborg:	Marianne!
Marianne:	Es macht doch keinen Unterschied.
Ingeborg:	Für Deinen Ewald vielleicht doch.
Marianne:	Mich hat auch niemand gefragt, ob mich seine Gefangenschaft gestört hat.
Ingeborg:	Was ist denn aus ihm geworden?
Marianne:	Aus Ewald?
Ingeborg:	Nein!
Marianne:	Aus Hans? Das weißt Du doch. Der hat mich doch erst am Wochenende besucht.
Ingeborg:	Was ist aus dem Corporal geworden? … In Koblenz.
Marianne:	Das weiß ich nicht.
Ingeborg:	Hast Du nie versucht, ihn zu …
Marianne:	Ach, Ingeborg, die hießen damals doch alle gleich. Und alle trugen sie dasselbe.

Ingeborg: Alle?
Marianne: Alle. So wie die Juden. Die sehen doch auch alle gleich aus.
Ingeborg: Quatsch! Tun sie nicht.
Marianne: Man sieht doch, ob einer Jude ist.
Ingeborg: Woran denn?
Marianne: Na, weil sie nicht so aussehen wie wir Deutschen.
Ingeborg: Chinesen auch nicht.
Marianne: Sind denn alle Chinesen Juden?
Ingeborg: Nein, Marianne!
Marianne: Siehst Du, Ingeborg? Unter Hitler hätte es dieses Chaos nicht gegeben.
Ingeborg: Er hat die ganze Welt in chaotische Verhältnisse gestürzt.
Marianne: Das war nicht Hitler, das war Jesus.
Ingeborg: Dort am Bahnhof müssen wir umsteigen.
Marianne: Bahnhof Koblenz?
Ingeborg: Paderborn, Marianne. Wir sind in Paderborn.

Wirkplus

Personen:
Apotheker.
Kunde.

Ort: Apotheke.

Apotheker:	Guten Tag.
Kunde:	Guten Tag.
Apotheker:	Was kann ich denn für Sie tun?
Kunde:	Ich hätte gerne etwas *Wirkplus*.
Apotheker:	Was?
Kunde:	Ich hätte gerne etwas *Wirkplus*.
Apotheker:	Bitte schön.
Kunde:	Das ist Nasenspray.
Apotheker:	Ja.
Kunde:	Ich wollte kein Nasenspray. Ich wollte etwas *Wirkplus*.
Apotheker:	Das ist das Nasenspray mit dem *Wirkplus*.
Kunde:	Ich möchte nur das *Wirkplus*.
Apotheker:	Das haben wir nicht. Das ist ja in dem Nasenspray.
Kunde:	Und sonst nicht?
Apotheker:	Nein!
Kunde:	Können Sie es herstellen?
Apotheker:	Bitte?
Kunde:	Können Sie *Wirkplus* herstellen?

Apotheker:	Nein.
Kunde:	Warum nicht?
Apotheker:	Das geht nicht. Es ist nur in dem Spray.
Kunde:	Was ist sonst noch in dem Nasenspray?
Apotheker:	Im Grunde ist das nur Salzwasser mit Eukalyptus parfümiert.
Kunde:	Und *Wirkplus*?
Apotheker:	Und *Wirkplus*.
Kunde:	Deshalb ist es besser als andere Nasensprays?
Apotheker:	Natürlich.
Kunde:	Nur *Wirkplus* pur gibt es nicht?
Apotheker:	Nein.
Kunde:	Könnte ich eine Packung *Ibu* 600 bekommen?
Apotheker:	Ja, aber nur auf Rezept.
Kunde:	Nur auf Rezept?
Apotheker:	Nur auf Rezept.
Kunde:	Von einem Arzt?
Apotheker:	Ja.
Kunde:	Aha. Wieso?
Apotheker:	Isso.
Kunde:	*Esso*!
Apotheker:	Was?
Kunde:	Die Tankstelle heißt *Esso*.
Apotheker:	Das ist nun mal so. Aber ich könnte Ihnen die 400er verkaufen.
Kunde:	Ohne Rezept?
Apotheker:	Ohne Rezept.
Kunde:	Aber für die 600er brauche ich ein Rezept?
Apotheker:	Ja.

Kunde:	Und wenn ich zwei 400er nehme?
Apotheker:	Dann ist das Ihre Sache.
Kunde:	Darf ich die ohne Rezept nehmen?
Apotheker:	Ja.
Kunde:	Zwei 400er?
Apotheker:	Ja.
Kunde:	Aber 600er?
Apotheker:	Nein. Nur auf Rezept.
Kunde:	Aha. Brauche ich für dieses *Wirkplus* ein Rezept?
Apotheker:	Nein!
Kunde:	Dann hätte ich gerne etwas *Wirkplus*.
Apotheker:	Das ist in diesem Nasenspray.
Kunde:	Haben Sie 400er *Wirkplus*?
Apotheker:	Das gibt es gar nicht. Und für *Wirkplus* brauchen Sie kein Rezept.
Kunde:	Dann haben Sie *Wirkplus*?
Apotheker:	Nein.
Kunde:	Und 400er Nasenspray?
Apotheker:	Das gibt es schon gar nicht.
Kunde:	Aber ohne Rezept?
Apotheker:	Was?
Kunde:	Das 400er Nasenspray gibt es ohne Rezept?
Apotheker:	Ja. Ohne Rezept.
Kunde:	Sehen Sie, ich brauche es gar nicht für die Nase.
Apotheker:	Wofür dann?
Kunde:	Jedenfalls nicht für meine Nase.
Apotheker:	Ach was?
Kunde:	Ich wollte es in meinen Tank füllen, um Benzin zu sparen. Mein Spülmittel-Konzentrat könnte noch mehr Geschirr pro Flasche schaffen. Die Bo-

lognese hätte endlich mehr Tomaten-Geschmack. Dem Waschmittel beigemengt könnte ich erfahren, was wirklich weiße Wäsche ist. Und Keime unter dem Toiletten-Rand hätten tatsächlich keine Chance mehr. Haben sie eine Vorstellung, was man damit in einem Baumarkt alles verbessern könnte? Ganz zu schweigen vom Radio-Programm. Endlich gäbe es wieder Lieder, die einen berühren. Die Bibel und der Koran, der Weltfrieden ... haha ... mit *Wirkplus*. Triumphal! Können sie sich das vorstellen?

Apotheker: Ich sagte doch: Es gibt gar kein *Wirkplus*.
Kunde: Aber es steht doch hier auf der Schachtel: "mit *Wirkplus*".
Apotheker: Glauben Sie mir: Es gibt kein *Wirkplus*.
Kunde: Nur auf Rezept.
Apotheker: Richtig! Nur auf Rezept.
Kunde: Dann gehe ich jetzt zu einem Arzt und lasse mir ein Rezept verschreiben.
Apotheker: Ein Rezept von einem Arzt kann ich Ihnen nur dringend empfehlen.
Kunde: Haben sie vielen Dank. Bis später. Ach, wenn ich schon beim Arzt bin: Haben sie auch dieses *Antinerv*?
Apotheker: Raus!

Rührei

Personen:
Sie.
Er.

Ort: Arbeitszimmer.

Er: Hier. Bitte schön.
Sie: Was ist das?
Er: Rührei auf Brot, mit frisch gemahlenem Pfeffer, Schnittlauch, Sahne und Paprika, in Butter gemacht. So wie Du es magst.
Sie: Keine Oliven?
Er: Du magst doch gar keine Oliven.
Sie: Ich sagte, ich mag keine Oliven.
Er: Du magst Oliven?
Sie: Nein. Das weißt Du doch.
Er: Ich werde es mir merken.
Sie: Warum hast Du das gemacht?
Er: Du siehst heute Abend etwas müde aus. Und hungrig. Da dachte ich, ich mach' Dir schnell was zu essen. Ist noch warm.
Sie: Lass das!
Er: Was?
Sie: Hör' auf, mir Rührei zu machen!
Er: Warum? Ich dachte, Du magst es so.
Sie: Tue ich.
Er: Warum willst Du es dann nicht?

Sie: Ich will es ja. Ich will nur nicht, dass Du es für mich machst.
Er: Muss ich mich jetzt entschuldigen?
Sie: Nein.
Er: Was ist falsch daran?
Sie: Ich bin verliebt in Dich.
Er: Ich weiß. Das ist schön.
Sie: Oder besser: ich habe gesagt, ich bin verliebt in Dich.
Er: Ja. Ich weiß. Ein Gläschen Wein? Er ist gekühlt. Mit Eiswürfeln.
Sie: Ich habe gelogen.
Er: Du hast gelogen?
Sie: Ja. Ich war einfach nur heiß auf Dich.
Er: Muss ich mich dafür jetzt entschuldigen?
Sie: Natürlich nicht.
Er: Ich bin doch hier. Das ist es doch, was zählt, nicht?
Sie: Aber ich habe gelogen. Und Du bist so süß, fürsorglich und nett zu mir.
Er: Ich habe die Spülmaschine ausgeräumt.
Sie: Du Arschloch!
Er: Entschuldige!
Sie: Jetzt hör' auf!
Er: Und was ist nun? Bist Du nicht verliebt in mich?
Sie: Jetzt bin ich verliebt in Dich, in Dich und Dein blödes Rührei.
Er: Schmeckt es?
Sie: Ja. Es ist total lecker.
Er: Nochmal: Entschuldigung.
Sie: Weil das Rührei lecker ist?
Er: Weil Du nun verliebt in mich bist.
Sie: Du hast doch gar keinen Grund, Dich dafür zu

entschuldigen.
Er: Aber es ärgert Dich.
Sie: Tut es.
Er: Was ist denn falsch daran, in mich verliebt zu sein?
Sie: Ich wollte das nicht.
Er: Entschuldige!
Sie: Boah! Du bist nicht mehr als ein Weichei im Körper eines großen, starken Mannes.
Er: Jetzt hat es aber gepasst.
Sie: Nein.
Er: Vergiss nicht gebildet, gepflegt und gutaussehend.
Sie: Vergesse ich schon nicht.
Er: Und witzig.
Sie: Humorvoll. Witzig bist Du nicht.
Er: Und intelligent.
Sie: Gebildet.
Er: Und verliebt in Dich.
Sie: Übertreibe es nicht!
Er: Entschuldige!
Sie: Jetzt musste ich lachen.
Er: Ich hole Dir eine Serviette.
Sie: Danke, aber ich habe eine. Keine Entschuldigung dafür, dass ich lachen musste?
Er: Übertreibe es nicht!"
Sie: Ich verzeihe Dir trotzdem.
Er: Warum wolltest Du Dich nicht in mich verlieben?
Sie: Ich bin verheiratet, und das nicht mit Dir.
Er: Ja, das ist etwas blöd.
Sie: Entschuldige!
Er: Schon gut.
Sie: Machst Du mir noch ein Brot mir Rührei? Ich

	habe immer noch Hunger.
Er:	Du bist heiß drauf?
Sie:	Ja.
Er:	Gerne.

Parken

Personen:
Mann 1.
Mann 2.
Frau.

Ort: Einfahrt.

Mann 1: Ey! Da wollste doch wohl nicht parken.
Mann 2: Wat is?
Mann 1: Da wollste doch wohl nicht parken.
Mann 2: Doch.
Mann 1: Mensch, fahr´ Deine Karre auf Seite!
Mann 2: Wat soll ich?
Mann 1: Fahr´ Deine beschissene Karre auf Seite!
Mann 2: Warum?
Mann 1: Ich muss da längs.
Mann 2: Dann fahr´ doch längs.
Mann 1: Ich komm´ da nich längs.
Mann 2: Warum denn nich?
Mann 1: Weil Du da parken willst, Du Clown.
Mann 2: Ich parke da schon.
Mann 1: Mensch, fahr´ die Kiste auf Seite!
Mann 2: Vergiss es!
Mann 1: Das ist Verkehrsbehinderung.
Mann 2: Selbst Schuld, SUV-Faschist.
Mann 1: Feschist, Du Parkplatz-Nazi.
Mann 2: Bitte?

Mann 1: Haste schon verstanden!
Mann 2: Honk!
Mann 1: Eumel!
Mann 2: Vollpfosten!
Mann 1: Lipper!
Mann 2: Pass bloß auf, Du Pogge!
Frau: Wat ist dat vorn Jekabbel hier?
Mann 1: Der parkt wie Wildsau.
Mann 2: Stimmt nich. Du kannst den Riesen-Okolyten nur nich fahren.
Mann 1: Immerhin kann ich Gelände.
Mann 2: Nur nicht Straße.
Frau: Schluss is! Ihr kommt nu rinn! Vadder kümmt gleich nach Hus, wir wollen dann zeitig essen. Ingeborg und Marianne kümmen hüt Nachmittag noch auf´n Kaffee.
Mann 1: Ja, Muttern.
Frau: Und Torsten?
Mann 2: Ja, Muttern?
Frau: Fahr´ Deine beschissene Karre auf Seite! Dein Bruder kümmt da sonst nich längs.
Mann 1: Wenn ich wollte aber schon.
Mann 2: Niemals!
Mann 1: Wohl!
Frau: Ruhe! Fahr´ wech den Oschi!
Mann 2: Ja, Muttern.
Frau: Kinders... Und de zwo Bengels sind nu bei der Polizei.

Nachtigall

Für Jennifer.

Personen:
Schwester Stefanie.
Patient.
Auszubildende.

Ort: Krankenhauszimmer.

Stefanie:	Guten Morgen.
Patient:	Guten Morgen, Schwester Stefanie. Welch eine Freude, Sie zu sehen!
Stefanie:	Es freut mich auch, Sie zu sehen.
Patient:	Sie waren doch gestern Abend noch hier. Und heute früh schon wieder?
Stefanie:	Die Nachtigall war´s und nicht die Lerche. Schichtplan.
Patient:	Blöder Schichtplan!
Stefanie:	Wem sagen Sie das?
Patient:	Aber mir gefällt er.
Stefanie:	Na, Sie scheinen ja heute gut gelaunt zu sein.
Patient:	Ich finde, man muss den Tag optimistisch beginnen. Das hält dann manchmal sogar eine halbe Stunde an.
Stefanie:	Haben Sie gut geschlafen?
Patient:	Die Nachtigall war´s und nicht die

	Lerche.
Stefanie:	Sind Sie bereit für Ihre Operation heute?
Patient:	Ich frage Sie, Schwester Stefanie, ist man für so etwas jemals bereit?
Stefanie:	Vermutlich nicht. Ich bräuchte dann noch…
Patient:	Sie möchten meinen Urin haben?
Stefanie:	Fragen Sie das besser nicht jede Frau! Ich gab Ihnen gestern Abend einen Behälter.
Patient:	Hier, bitte schön. Ein 2020 Nonnensteiner Nachttröpfchen aus Rödinghausen. Bestimmt Bio und ohne Corona. Am besten eiskalt genießen.
Stefanie:	Ist der Urin von heute Morgen?"
Patient:	Frisch und vom Mittelstrahl. Genau wie Sie ihn mögen, Schwester Stefanie.
Stefanie:	Haben Sie etwa Alkohol getrunken, Herr Klappbrügge?
Patient:	Ich habe nur getrunken, was die Nachtschwester mir gegeben hat. Ich konnte nicht schlafen.
Stefanie:	Und haben Sie geschlafen?
Patient:	Nicht eine Minute.
Stefanie:	Wer hatte gestern Nacht Dienst?
Auszubildende:	Cornelia.
Stefanie:	Sieh bitte sofort mal in der Dokumentation nach, was der Patient bekommen hat.
Patient:	Falls Sie bei der Gelegenheit eines Haustechnikers ansichtig werden sollten: Ich glaube, mein Bett ist kaputt.

Stefanie: Die sind alle so.
Patient: Alle Betten?
Stefanie: Nee, die Haustechniker.
Patient: Kaputt?
Auszubildende: Schwester Stefanie, Herr Dietmar Klappbrügge hat...
Patient: Nennen Sie mich doch Spacken.
Stefanie: Cornelia hat doch nicht...?
Auszubildende: Sie hat doch!
Patient: Sie hat was?
Stefanie: Ihr letzter Arbeitstag. Sie verstehen?
Patient: Nein.
Stefanie: Umso besser. Das wird heute nichts mehr mit Ihrem Eingriff. Jetzt legen Sie sich erst mal hin, Herr Klappbrügge.
Patient: Spacken für Sie. Ich habe von Ihnen geträumt, Schwester Stefanie.
Stefanie: Ach, Du meine Güte. Und? War es ein schöner Traum?
Patient: Ich konnte ja nicht schlafen - also: ja!
Stefanie: Na, wunderbar.
Patient: Ich mag Sie, Schwester Stefanie.
Stefanie: Auch das n... ist schön, Herr Klappbrügge.
Patient: Ich sagte doch: Nennen Sie mich Spacken. Schwester Cornelia mag Sie auch.
Stefanie: Da bin ich mir nicht so sicher.
Patient: Schwester Cornelia mag Sie auch.
Stefanie: Das sagten Sie bereits.
Patient: Ich meinte: Mögen Sie Schwester Cornelia auch?
Stefanie: Unter uns: Ich mochte Ihren Mann.

Patient: Ihren Mann?"
Stefanie: Die Nachtigall war´s und nicht die Lerche.
Patient: Ihren Mann? Den Haustechniker?
Stefanie: Wir holen Ihnen jetzt erst mal einen Arzt.
Patient: Und der repariert das Bett?
Stefanie: Möchten Sie etwas *Wirkplus*?
Patient: Brauche ich da nicht ein Rezept?
Stefanie: Danke, Herr Doktor, dass Sie so schnell gekommen sind.
Patient: Die Nachtigall…
Stefanie: Schlafen Sie erst mal! Und träumen Sie was … Schönes. Spacken.

Landapfelkuchen

Für Nadine.

Personen:
Verkäuferin.
Kundin.
Kunde.

Ort: Bäckerei.

Kundin:	Schönen guten Morgen.
Verkäuferin:	Guten Morgen.
Kundin:	Das sieht ja alles sehr appetitlich aus.
Verkäuferin:	Ja, nicht wahr? Alles ganz frisch gebacken.
Kundin:	Ich brauche ein Brot.
Verkäuferin:	Gerne! Was denn für eines?
Kundin:	Ein leckeres.
Verkäuferin:	Die sind alle lecker.
Kundin:	Das glaube ich. Was ist denn das da?
Verkäuferin:	Das ist ein Krustenbrot, halb Roggen, halb Weizen.
Kundin:	Aha.
Verkäuferin:	Schön kräftig im Geschmack.
Kundin:	Und das da?
Verkäuferin:	Ein Dinkel-Kasten-Brot.
Kundin:	Dinkel?
Verkäuferin:	Ja, gut für Allergiker.

Kundin: Ich bin nicht gegen Dinkel allergisch.
Verkäuferin: Nein, aber manche Menschen vertragen kein Gluten.
Kundin: Ich dachte, das sei aus Dinkel.
Verkäuferin: Ja, wenn man Gluten nicht verträgt.
Kundin: Vertrage ich denn Gluten?
Verkäuferin: Das denke ich schon. Sie wüssten es, wenn es nicht so wäre.
Kundin: Warum?
Verkäuferin: Das führt oft zu Verstimmungen im Bauch.
Kundin: Manchmal habe ich das. Ich habe heute meinen Bus verpasst.
Verkäuferin: Dann sollten Sie das von einem Arzt untersuchen lassen.
Kundin: Dass ich meinen Bus verpasst habe?
Verkäuferin: Das mit den Verstimmungen im Bauch.
Kundin: Wenn mein Mann redet.
Verkäuferin: Bitte?
Kundin: Ja, dann bekomme ich die Verstimmungen.
Verkäuferin: Ich meinte jetzt etwas anderes.
Kundin: Mein Mann muss also nicht zum Arzt?
Verkäuferin: Vermutlich nicht wegen Gluten.
Kundin: Was ist überhaupt Gluten? Man hört davon jetzt überall.
Verkäuferin: Gluten ist ein Sammelbegriff für Kleberproteine, die im Samen einiger Getreidesorten…
Kundin: Früher hat es das nicht gegeben.
Verkäuferin: Welches Brot möchten Sie denn jetzt?

Kundin:	Das da.
Verkäuferin:	Den Pumpernickel?
Kundin:	Nee, kein Pumpernickel. Ich habe heute meine Brille vergessen.
Verkäuferin:	Aha. Wie unangenehm für alle.
Kundin:	Vollkorn, ich hätte gerne ein Vollkornbrot.
Verkäuferin:	Das ist dieses hier. Soll ich es Ihnen schneiden?
Kundin:	Gerne. Für mich sehr dünn, bitte. Mein Mann liebt es etwas dicker.
Verkäuferin:	Also, das halbe Brot dünner, die andere Hälfte dicker?
Kundin:	Nee, mein Mann isst ja viel mehr Brot als ich.
Verkäuferin:	Wir kriegen das schon hin. Darf es noch etwas sein?
Kundin:	Ja, bitte. Ein Weltmeister-Brötchen, ein Hallo-Wach-Brötchen, die Sonnenblumen-Sinnlichkeit, einen Trauben-Traum, den Kürbiskern-Batzen, den dicken Gesundmacher, einen Rosinen-Bomber und einen flotten Otto.
Verkäuferin:	Von jedem eines?
Kundin:	Ja, bitte. Und was ist das da?
Verkäuferin:	Das ist unser Landapfel-Kuchen.
Kundin:	Von den schönen roten Äpfeln aus dem alten Land? Die kenne ich noch von früher.
Verkäuferin:	Das kann gut sein.
Kundin:	Stadtapfel-Kuchen haben Sie nicht zufällig?
Verkäuferin:	Nein. Leider nein.
Kundin:	Wird nicht so häufig nachgefragt,

	oder?
Verkäuferin:	Nein. Wirklich nicht.
Kundin:	Das Brot da oben sieht aber auch lecker aus.
Verkäuferin:	Das ist ein Paderborner Land... ein Graubrot, Doppelback.
Kundin:	Zwieback ist auch gut bei Magenverstimmung.
Verkäuferin:	Doppelback. Knusprig und doch sehr saftig.
Kundin:	Saftig?
Verkäuferin:	Ja.
Kundin:	Was für ein Saft?
Verkäuferin:	Gerstensaft.
Kundin:	Gerstensaft? Das wäre bestimmt was für meinen Mann. Können Sie mir das auch schneiden?
Verkäuferin:	Dann wird es aber sehr schnell trocken.
Kundin:	Nee. Dann lieber nicht.
Verkäuferin:	Kann ich Ihnen sonst noch irgendwie behilflich sein?
Kundin:	Was ist eigentlich der Unterschied zwischen einem Käse-Baguette und einer Käse-Stange?
Verkäuferin:	Die Form. Und ich glaube, das Baguette ist etwas krosser gebacken.
Kundin:	Das wissen Sie genau?
Verkäuferin:	Ich kann mal in der Backstube nachfragen. Vielleicht ist es aber auch ein bisschen ein anderer Teig. Wir haben ja sehr viel Teig.
Kundin:	Zum Beispiel?
Verkäuferin:	Zum Beispiel Mürbeteig, Strudelteig,

	Hefeteig, Brotteig... Wie gesagt: sehr viel Teig.
Kundin:	Hmhmm.
Verkäuferin:	... Blätterteig, Briocheteig, Kuchenteig, Eierteig ... Sehr viele Sorten Teig. ... Biskuitteig, Pfannkuchenteig, Waffelteig, hauseigenen Natursauerteig...
Kundin:	Haben Sie denn auch synthetischen Sauerteig, der Ihnen gar nicht gehört?
Verkäuferin:	Ich glaube nicht. Aber ich könnte mal in der Backstube nachfragen wegen der Käse-Stange.
Kundin:	Schon gut. Mein Mann mag keine Käse-Brötchen.
Verkäuferin:	War es das dann?
Kundin:	Ich glaube schon. Warten Sie, ich schau' gerade nochmal auf meine Liste. Ach, Moment mal. Meine Nachbarin freut sich immer, wenn ich ihr ein Stück Plunder vom Bäcker mitbringe.
Verkäuferin:	Wir haben ja viele Teilchen ... Was genau suchen Sie denn?
Kundin:	Wie heißt denn dieses eine?
Verkäuferin:	Dieses eine?
Kundin:	Ja, dieses bekannte.
Verkäuferin:	Nussecke?
Kundin:	Ganz bekannte.
Verkäuferin:	Amerikaner? Berliner?
Kundin:	Nee, das mit der Butter und dem Honig.
Verkäuferin:	Wir haben ja viel... Was ist denn da noch drin... oder drauf?
Kundin:	Insekten!

Verkäuferin:	Insekten?
Kundin:	Ja. Wespen, glaube ich. Hier fliegen ja auch so viele.
Verkäuferin:	Da kann man nichts gegen machen. Das ist die Jahreszeit.
Kundin:	Das sind Wespen. Wespenbiss.
Verkäuferin:	Mich hat letzten Sommer eine gebissen. 3 Monate...
Kundin:	So heißt das.
Verkäuferin:	Was?
Kundin:	Das Teilchen. Wespenbiss. Jetzt hab´ ich es.
Verkäuferin:	Sie meinen Bienenstich?
Kundin:	Bienenstich. Jetzt hab´ ich es.
Verkäuferin:	Naja, zwischen Wespenbiss und Bienenstich gibt es ja schon einen kleinen Unterschied.
Kundin:	Was schmeckt denn besser?
Verkäuferin:	Bienenstich.
Kundin:	Wirklich?
Verkäuferin:	Wirklich. Geschmack ist ja immer eine Geschmacksfrage.
Kundin:	Dann nehme ich noch ein Stück davon.
Verkäuferin:	Gerne. Wir haben heute auch noch...
Kundin:	Nein, nein, das war es dann wirklich.
Verkäuferin:	Ich rechne dann schon mal zusammen.
Kundin:	Haben Sie auch alles?
Verkäuferin:	Dafür habe ich ja schließlich mal studiert.
Kundin:	Hatten Sie eigentlich auch so Probleme während der Eier-Pest?
Verkäuferin:	Mit was?
Kundin:	Mit Ihrem Eierteig, während der Eier-

	Pest.
Verkäuferin:	Nicht mehr, seit wir Nüsse mit hinein mischen.
Kundin:	Wie ist das eigentlich mit dem Erdbeer-Kuchen?
Verkäuferin:	Ich finde, das ist eine sehr persönliche Frage.
Kunde:	Morgen. Ich hätte gerne ein verbranntes Stück Blätterteig, und es darf nach nichts schmecken. Dazu gerne angekokelte Inka-Samen mit heißem Wasser durchgespült.
Kundin:	Was möchte der Herr?
Verkäuferin:	Herr Blinsenkötter möchte einen Kaffee und einen Croissant. Unter uns: Er hält sich für witzig und bestellt so fast jeden Morgen.
Kunde:	Und etwas Euter-Saft, bitte.
Verkäuferin:	Gleich, Herr Blinsenkötter, ich bediene gerade noch diese Kundin.
Kundin:	Was möchte er?
Verkäuferin:	Milch.
Kunde:	Sie soll einen Schein rausrücken, hat es im Gedönse eh nicht passend und ihre Brille vergessen.
Kundin:	Der Herr hat mir eben das letzte Suppenhuhn vor der Nase weggeschnappt.
Verkäuferin:	Seine Frau macht gerne Eintöpfe mit Tiefkühl-Gemüse, damit die Küche nicht so dreckig wird.
Kundin:	Ein unmöglicher Mensch.
Verkäuferin:	Seine Frau?
Kundin:	Ihr Mann!
Verkäuferin:	Wem sagen Sie das?

Kunde:	Haben Sie heute Semmelbrösel?
Verkäuferin:	Wir fegen erst morgen durch.
Kundin:	Aber…
Verkäuferin:	Unter uns: Der braucht das.
Kunde:	Ich hätte dann jetzt schon Lust auf meinen Kaffee. Und vergessen Sie bitte nicht wieder meinen Keks dazu.
Verkäuferin:	Gleich.
Kunde:	Und meine Zeitung.
Verkäuferin:	Sie meinen die *Bild*.
Kunde:	Genau.
Verkäuferin:	Arminia hat verloren.
Kunde:	Scheiße!
Kundin:	Bringen Sie ihm doch den Kaffee-Satz und einen Berliner mit Senf.
Verkäuferin:	Berliner mit Senf füllen und führen wir nur zu Silvester.
Kunde:	Und ich hätte gerne einen geräucherten Brathering dazu.
Verkäuferin:	Wir verkaufen keinen Fisch.
Kunde:	Kann Nadine nicht mal in der Backstube nachfragen?
Verkäuferin:	Die hat heute frei.
Kunde:	Mist! Und Frau Heckenbrede?
Verkäuferin:	Die ist heute auch nicht da.
Kunde:	Obwohl Sie wusste, dass ich heute komme?
Verkäuferin:	Jetzt bekomme ich langsam Verstimmungen.
Kundin:	Möchten Sie etwas *Wirkplus*?
Verkäuferin:	Ich habe kein Rezept.
Kundin:	Probieren Sie Ihr Dinkel-Brot.

Eichhörnchen

Für Mark.

Personen:
Rabe.
Spacken.

Ort: Parkbank.

Rabe:	Guck mal! Ein Eichhörnchen.
Spacken:	Jau. Niedlich.
Rabe:	Wirklich niedlich.
Spacken:	Es sieht uns an.
Rabe:	Es beobachtet uns vielleicht.
Spacken:	Niedlich.
Rabe:	Schön.
Spacken:	Schön?
Rabe:	Schön!
Spacken:	Hunde sind schön, aber Eichhörnchen sind niedlich.
Rabe:	Guck mal, eine Nachtigall.
Spacken:	Das ist eine Lerche.
Rabe:	Alle Tiere sind schön.
Spacken:	Alle Tiere?
Rabe:	Ja.
Spacken:	Auch Insekten?
Rabe:	Insekten sind doch keine Tiere. Das

	sagt doch schon ihr Name. Insekten sind Insekten.
Spacken:	Magst Du denn Spinnen, Rabe?
Rabe:	Nein, Spacken.
Spacken:	Und magst Du Tiger?
Rabe:	Ich kenne keinen.
Spacken:	Kennst Du denn eine Spinne, Rabe?
Rabe:	Eigentlich nicht, Spacken.
Spacken:	Aber Du hast bestimmt schon mal einen Tiger im Fernsehen gesehen.
Rabe:	Jau. Im Fernsehen habe ich schon welche gesehen.
Spacken:	Und? Magst Du sie?
Rabe:	Ich find´ Elefanten schöner.
Spacken:	Elefanten?
Rabe:	Jau.
Spacken:	Ja, die sind auch schön.
Rabe:	Und klug.
Spacken:	Aber nicht niedlich, Rabe.
Rabe:	Kleine Elefanten sind niedlich, Spacken.
Spacken:	Kleine Elefanten wiegen über 200 Kilo.
Rabe:	Wetterziege! Aber sie sind niedlich.
Spacken:	So niedlich wie das Eichhörnchen?
Rabe:	Nee. Natürlich nicht.
Spacken:	Es guckt uns immer noch an.
Rabe:	Niedlich.
Spacken:	Kleine Tiger sind auch niedlich.
Rabe:	Niedlicher als kleine Elefanten?
Spacken:	Guck mal! Eine Katze.
Rabe:	Eine was ist das?

Spacken:	Eine Katze, Rabe! Eine Mieze, eine Muschi. Du musst doch wissen, was eine Katze ist.
Rabe:	Ich habe von ihnen gehört. Sitz, Katze, sitz!
Spacken:	Katzen machen doch nicht Sitz. Was machste denn jetzt?
Rabe:	Ich werfe ein Stöckchen. Hol das Stöckchen, Katze, hol das Stöckchen! … Katze war doch richtig?
Spacken:	Schon. Aber Katzen holen auch kein Stöckchen.
Rabe:	Keine Katze?
Spacken:	Nicht eine einzige.
Rabe:	Komisches Tier! Sieht aus wie ein kleiner Tiger ohne Rüssel.
Spacken:	Tiger haben doch gar keine Rüssel.
Rabe:	Sage ich doch.

Rabe:	Kannst Du Dir kleine Tiger mit Rüssel vorstellen?
Spacken:	Nee. Eigentlich nicht.
Rabe:	Ich mir auch nicht. Ich glaube, das Eichhörnchen belauscht uns.
Spacken:	Manche Tiere sind so klug, dass sie viele Wörter verstehen. Hunde zum Beispiel.
Rabe:	Oder Elefanten.
Spacken:	Oder Insekten.
Rabe:	Insekten haben doch keine Ohren.
Spacken:	Aber Eichhörnchen schon.
Rabe:	Es läuft weg.
Spacken:	Vielleicht hat es Angst.

Rabe: Wo ist die Katze?
Spacken: Die wartet auf den Elefanten.
Rabe: Ach so.

Dringend

Für Anja.

Personen:
Tanja Höffmöller.
Brigitte Pattschlürfer.

Ort: Arztpraxis.

Höffmöller: Praxis Doktor Ulrich Stapelscheit. Sie sprechen mit Tanja Höffmöller. Was kann ich für Sie tun?
Pattschlürfer: Hallo. Pattschlürfer hier. Brigitte Pattschlürfer. Guten Tag. Ich hätte gerne einen Termin bei Herrn Doktor Stapelscheit.
Höffmöller: Ihr Geburtsdatum, bitte.
Pattschlürfer: 9. September 1967.
Höffmöller: Waren Sie denn schon mal bei uns?
Pattschlürfer: Aber ja.
Höffmöller: Würden Sie bitte wiederholen?
Pattschlürfer: Aber ja.
Höffmöller: … Ihr Geburtsdatum.
Pattschlürfer: 9. September 1967.
Höffmöller: Einen Moment, bitte. … Frau Pattschlürfer. Ich habe gerade mit einer Kollegin gesprochen. Jetzt kann ich mich gut an Sie erinnern. Aber Sie

	sind nach unseren Unterlagen 1947 geboren.
Pattschlürfer:	Das sagte ich Ihnen ja. Ihr Name war?
Höffmöller:	Tanja Höffmöller.
Pattschlürfer:	Komisch, ich kann mich gar nicht an Sie erinnern.
Höffmöller:	Sie möchten also einen Termin bei Herrn Doktor Stapelscheit. Da kann ich Ihnen den 12. März um 10:30 Uhr anbieten.
Pattschlürfer:	Hach, das ist aber spät.
Höffmöller:	Dann vielleicht am 14. März, gleich morgens um 8 Uhr?
Pattschlürfer:	Nein, ich meinte, das ist ja noch so lange hin. Ich hatte eigentlich gehofft, dass Sie einen zeitnäheren Termin hätten.
Höffmöller:	Es tut mir leid, bis zum 12. März habe ich sonst keine freien Termine mehr.
Pattschlürfer:	Sie haben bis dahin keinen Termin mehr frei?
Höffmöller:	Ich habe keinen freien Termin mehr.
Pattschlürfer:	Ihr Name war?
Höffmöller:	Tanja Höffmöller.
Pattschlürfer:	12. März … Wer weiß, ob ich bis dahin noch lebe.
Höffmöller:	Wenn ein Notfall vorliegt, können Sie natürlich jederzeit vorbeikommen. Ich kann mich aber auch gerne bei Ihnen melden, falls kurzfristig ein Termin frei wird. Aber das kann ich Ihnen natürlich nicht versprechen.
Pattschlürfer:	Dass Sie sich melden?
Höffmöller:	Dass ein Termin frei wird.

Pattschlürfer: Sie meinen, falls jemand verunglückt.
Höffmöller: Falls jemand absagt.
Pattschlürfer: Oder verstirbt.
Höffmöller: Eventuell überwiesen oder nicht weiter in unserer Kartei geführt wird.
Pattschlürfer: Passiert das denn häufiger?
Höffmöller: Ich kann Ihnen da wirklich nichts versprechen.
Pattschlürfer: Ihr Name war noch?
Höffmöller: Tanja Höffmöller.
Pattschlürfer: Und dann habe ich den Termin eines Toten, während ich doch selbst schon tot sein könnte.
Höffmöller: Ich kann Ihnen versichern, dass es Ihnen so ... dass es so herum besser für Sie ist. Was haben Sie denn für Beschwerden?
Pattschlürfer: Ach, das möchte ich doch lieber mit dem Herrn Doktor Stapelscheit persönlich besprechen.
Höffmöller: Natürlich. Dann kann ich Sie gerne für den 12. März vormerken.
Pattschlürfer: Vormerken?
Höffmöller: Man weiß ja nie, was passiert, nicht wahr?.
Pattschlürfer: Und meine Medikamente sind auch alle.
Höffmöller: Rezepte können Sie gerne kurzfristig bei uns abholen. Ich könnte sie für Sie schon morgen ... schon für morgen für Sie fertig machen.
Pattschlürfer: Auch das *Wirkplus*?
Hoffmöller: Sie nehmen *Wirkplus*?
Pattschlürfer: Ja.

Höffmöller: Auch das *Wirkplus*.
Pattschlürfer: Ihr Name war?
Höffmöller: Tanja Höffmöller.
Pattschlürfer: Und wenn es nicht mehr die richtige Arznei ist?
Höffmöller: *Wirkplus* ist eigentlich immer richtig. Hat sich denn Ihr Zustand seit Ihrem letzten Besuch bei uns stark verändert?
Pattschlürfer: Ach, ich möchte eigentlich nicht ...
Höffmöller: Ich möchte Ihnen helfen, Frau Pattschlürfer. Helfen Sie mir, Ihnen zu helfen. Haben Sie akute Beschwerden?
Pattschlürfer: Sie meinen jetzt gerade?
Höffmöller: Ja. Akut. Schmerzen oder andere Auffälligkeiten.
Pattschlürfer: Also, ich weiß nicht, wie ich sagen soll ...
Höffmöller: Frau Pattschlürfer, Sie haben uns angerufen. Falls Sie akute Beschwerden haben, sollten Sie mir diese jetzt mitteilen.
Pattschlürfer: Ihr Name war?
Höffmöller: Tanja Höffmöller.
Pattschlürfer: Ich würde das doch lieber mit Herrn Doktor besprechen.
Höffmöller: Dann bleibt es also beim 12. März um 10:30 Uhr. Haben Sie sich das notiert? Sonst kann ich es Ihnen morgen gerne noch einmal bestätigen, wenn Sie Ihre Rezepte bei uns abholen.
Pattschlürfer: Heute Morgen war mein ... also er war schwarz. Pechschwarz!

Höffmöller: Bitte genauer, Frau Pattschlürfer. Wiederholen Sie das. Was war schwarz?
Pattschlürfer: Pechschwarz! Mein Stuhl war pechschwarz.
Höffmöller: Frau Pattschlürfer, hören Sie mir bitte jetzt gut zu: Das könnte auf innere Blutungen hindeuten. Bitte rufen Sie sofort einen Krankenwagen.
Pattschlürfer: Warum?
Höffmöller: Schwarzer Stuhl deutet auf … kann auf innere Blutungen hindeuten. Das muss überprüft und eventuell sofort behandelt werden. Haben Sie das verstanden? Bitte rufen Sie Hilfe. Ganz einfach 112. Dort sagen Sie, was Sie mir gerade gesagt haben.
Pattschlürfer: Ihr Name war?
Höffmöller: Tanja Höffmöller.
Pattschlürfer: Und dann?
Höffmöller: Es wird jemand vorbeikommen und sich um Sie kümmern.
Pattschlürfer: Sind die Leute nett?
Höffmöller: Aber ja.
Pattschlürfer: Das ist mir aber gar nicht recht.
Höffmöller: Dass die Sanitäter nett sind?
Pattschlürfer: Nein, dass jetzt jemand vorbeikommt. Ich habe gar nicht aufgeräumt.
Höffmöller: Frau Pattschlürfer, wenn Sie innere Blutungen haben, kann das tödlich sein. Dass Sie nicht geputzt haben, wird niemand bemerken. Man wird Sie dann zeitnah in ein Krankenhaus fahren.

Pattschlürfer: Ins Krankenhaus? Das nächste ist in Lübbecke.
Höffmöller: Sie kommen in das nächste, in dem Kapazitäten frei sind.
Pattschlürfer: Hach, Lübbecke. Da kommt meine Tochter immer so schlecht hin.
Höffmöller: Liegt schön am Berge. Im Moment haben wir leider keine andere Wahl. Soll ich Ihnen ... Soll ich für Sie einen Rettungswagen rufen?
Pattschlürfer: Äh, nein, das geht nicht. Ich bin im Moment ja auch gar nicht zuhause.
Höffmöller: Sie sagten, Sie hätten nicht geputzt.
Pattschlürfer: Aufgeräumt. Geputzt ist bei mir ja immer. Aber gerade bin ich bei einer Bekannten.
Höffmöller: Sie machen bei Ihrer Freundin einen Arzttermin?
Pattschlürfer: Bekannten. Äh, ja. ... Das fiel mir gerade ein.
Höffmöller: Und räumen dort auf?
Pattschlürfer: Ja. Ja, genau.
Höffmöller: Frau Pattschlürfer, ich kann Ihre Telefonnummer hier im Display sehen.
Pattschlürfer: Ihr Name war?
Höffmöller: Tanja Höffmöller. Ich rufe Ihnen jetzt ... jetzt einen Notarzt für Sie.
Pattschlürfer: Mir wäre es aber doch lieber, wenn das Herr Doktor Stapelscheit entscheiden würde.
Höffmöller: Innere Blutungen können wir hier nicht behandeln. Das kann man nur im Krankenhaus.
Pattschlürfer: Aber das sollte ein Arzt entscheiden.

	Und Sie sind keine Ärztin, oder Frau Höffmöller?
Höffmöller:	Nein. Also schön, Frau Pattschlürfer, könnten Sie jetzt sofort vorbeikommen?
Pattschlürfer:	Heute noch? Das ist aber sehr kurzfristig. Ich weiß nicht ...
Höffmöller:	Hier ist aufgeräumt und geputzt. Frau Pattschlürfer, Sie haben die Wahl: Krankenwagen, vorbeikommen, aufräumen oder möglicherweise wird am 12. März sehr bald ein Termin um 10 Uhr 30 frei, den dann jemand anderes wahrnehmen kann.
Pattschlürfer:	Schon gut. Ich habe verstanden. Wenn der Herr Doktor Stapelscheit meint, dass er mich unbedingt heute noch sehen will, dann komme ich eben. Er muss ja Sehnsucht nach mir haben.
Höffmöller:	Da bin ich ganz sicher, Frau Pattschlürfer. Ganz sicher.
Pattschlürfer:	Sehen Sie, ich bin ja auch schon über 50.
Höffmöller:	Sogar schon über 70.
Pattschlürfer:	Das sagte ich ja. Und Ihr Name war?
Höffmöller:	Kaffeepause. Dringend Kaffeepause.
Pattschlürfer:	Das ist aber ein komischer Name.
Höffmöller:	Das ist ein Spitzname. Wir haben hier alle Spitznamen. Neben mir steht zum Beispiel meine Kollegin. Nadja. Nadja Übernimmmal.
Pattschlürfer:	Ich verstehe den Witz nicht.
Höffmöller:	Wir sind eine Arztpraxis, Frau Doktor ... Frau Pattschlürfer. Wir sind hier

	freundlich ... und hilfsbereit ... nicht witzig.
Pattschlürfer:	Ach, jetzt weiß ich wieder, wer Sie sind. Sie sind die mit der lila Bluse.
Höffmöller:	Wir tragen hier alle lila Blusen.
Pattschlürfer:	Ich glaube, in der katholischen Kirche tragen die Messdiener Lila am Todestag von Jesus Christus.
Höffmöller:	Das mag sein. Ich spreche kein Latein. Aber Lila passt gut zu unseren Stühlen. Nadja ...
Pattschlürfer:	Außerdem sieht man die Flecken nicht so.
Höffmöller:	Wir sind bei uns stets bemüht, sauber zu arbeiten, damit es keine Flecken gibt. Bei uns ist es ordentlich.
Pattschlürfer:	Unser Herr Jesus ist auferstanden.
Höffmöller:	Ich hörte davon. Nadja ...
Pattschlürfer:	Na, dann bis nachher.
Höffmöller:	Bis nachher. Ich mache dann Ihre Ihnen Rezepte bereits ... Ich mache Ihre Rezepte dann bereits für Sie fertig. Oder besser: Ich warte damit noch. Wenn ich in zwei Stunden noch nichts von Ihnen gehört habe, rufe ich Sie ... einen Krankenarzt ... für Ihnen.
Pattschlürfer:	Und dann?
Höffmöller:	Dann ziehe ich meine lila Bluse aus, nehme etwas *Wirkplus* und mache Feierabend. Auf Wiederhören.
Pattschlürfer:	Auf Wiederhören. Und grüßen Sie Nadja von mir, Frau Höffmöller.
Höffmöller:	Sehr gerne.

Anzeigen

Personen:
Cornelia.
Klaus.

Ort: Wohnzimmer.

Klaus:	Die Mutter von Daniel ist tot.
Cornelia:	Wessen Mutter?
Klaus:	Des Daniels.
Cornelia:	Welcher Daniel?
Klaus:	Unser Daniel.
Cornelia:	Unser Daniel?
Klaus:	Hartholz. Vom Kegeln.
Cornelia:	Woher weißt Du das?
Klaus:	Steht hier in der Zeitung.
Cornelia:	Wer hat sie denn umgebracht?
Klaus:	Die wurde nicht umgebracht.
Cornelia:	Warum steht es dann in der Zeitung?
Klaus:	Nicht bei den Meldungen, bei den Todesanzeigen.
Cornelia:	Dann ist sie nicht tot, dann ist sie verstorben.
Klaus:	Wo ist der Unterschied?
Cornelia:	Naja, tot ist mit Schuld, verstorben ist einfach so.
Klaus:	Schuld?
Cornelia:	Ja, Schuld.

Klaus:	Und verstorben?
Cornelia:	Ist das einfach so, natürlich.
Klaus:	Ist man nicht natürlich auch tot, wenn man verstorben ist?
Cornelia:	Du und Deine Haarspaltereien. Du weißt, was ich meine.
Klaus:	Seit wann das denn?
Cornelia:	Darf ich mal sehen?
Klaus:	Bitte.
Cornelia:	Roswita hieß sie?
Klaus:	Nee. Das haben sie aus Spaß da rein geschrieben.
Cornelia:	Haha.
Klaus:	Warum verdrehst Du denn jetzt die Augen?
Cornelia:	Ich rechne.
Klaus:	Hmhmmm. Mein Ei ist hart.
Cornelia:	Jetzt verdrehst Du die Augen. 71. Auch kein Alter.
Klaus:	Eher ein Zustand, nicht?
Cornelia:	Bestimmt auch.
Klaus:	Ein toter oder ein verstorbener Zustand?
Cornelia:	Geborene Heckenbrede. Ob die mit unserem Herrn Heckenbrede verwandt ist?
Klaus:	Mit wem?
Cornelia:	Unserem Heckenbrede.
Klaus:	Unserem Heckenbrede?
Cornelia:	Na, dem aus der Bäckerei.
Klaus:	Der gehört uns? Aber kannste beim nächsten Mal ja fragen.
Cornelia:	Wie denn? Ich kenne die Frau doch nicht. Außerdem ist sie tot.

Klaus: Unseren Herrn Heckenbrede aus der Bäckerei kannste fragen. Und im Übrigen ist sie verstorben.
Cornelia: Jaja. Ich könnte ja auch mal Daniel fragen.
Klaus: Was fragen?
Cornelia: Ob seine Mutter mit unserem Bäcker Heckenbrede verwandt ist.
Klaus: War! Aber lass das mal lieber. Pietät und so.
Cornelia: Ach, guck mal. Wusstest Du, dass Daniels Bruder Jakob heißt?
Klaus: Ja.
Cornelia: Woher?
Klaus: Ich kegle mit ihm seit fast dreißig Jahren.
Cornelia: Mit Jakob?
Klaus: Mit Daniel. Du übrigens auch.
Cornelia: Seine Frau heißt Maria.
Klaus: Ich weiß.
Cornelia: Woher?
Klaus: Alles biblische Namen.
Cornelia: Roswita?
Klaus: Ja. Aus dem Brief von Paulus an die Löhner.
Cornelia: So alt ist Löhne doch gar nicht.
Klaus: Hat Hermann, der Cherusker, damals nach der Varus-Schlacht gegründet. Als Kur-Ort für seine Husaren.
Cornelia: Ich dachte, der hat Bielefeld gegründet.
Klaus: Das war sein Adjutant. Dr. Oetker.
Cornelia: Was Du alles weißt.
Klaus: Das kommt davon, wenn man täglich

	Zeitung liest.
Cornelia:	Eine Verstorbene Valeria von Dunaharszti-Külsö, genannt Dunja Valeska Pestari, geborene Budaberg. Donnerwetter!
Klaus:	Das ist eine Nachfahrin von diesen Husaren. Die kommen mittlerweile alle hier aus der Ecke.
Cornelia:	Ob diese Pietät was mit unserem Herrn Heckenbrede aus der Bäckerei hatte?.
Klaus:	Kann ich meine Zeitung wiederhaben?
Cornelia:	Gleich.
Klaus:	Jetzt, bitte.
Cornelia:	Moment noch.
Klaus:	Eins...
Cornelia:	Johalinde Vögeltenne-Schliekleger zu Hasenanger. Die kommt bestimmt nicht von hier.
Klaus:	Kam! Nee, die nicht. Auch so eine Husarin. Die arbeitete bestimmt aber auch nicht in der Bäckerei.
Cornelia:	Ach, wie die da alle heißen heutzutage...
Klaus:	Die kommen bestimmt alle aus dem Lipperland.
Cornelia:	Wenn Du schon Vögeltenne heißt, würdest Du dann noch einen Schliekleger zu Hasenanger heiraten und Deinen Namen behalten?
Klaus:	Ach, *heiraten* ist so ein böses Wort. Vögeltenne würde ich auf jeden Fall nicht behalten.

Cornelia:	Hier! Noch eine. 69.
Klaus:	Die Einschläge kommen näher, was?
Cornelia:	Müssen wir uns Sorgen machen?
Klaus:	Wieso ich?
Cornelia:	Schau mal! Eine Geburtsanzeige. Lennart-Fynn. Und gerade erst geboren. Geburtsanzeigen sind viel schöner.
Klaus:	Aber komplizierter.
Cornelia:	Wieso das?
Klaus:	Ob Du sagst, *vor der Geburt* oder *nach der Geburt,* macht schon einen Unterschied. Gerade Du als Frau solltest das wissen.
Cornelia:	Weiß ich doch.
Klaus:	Aber ob Du nun sagst, *nach dem Leben* oder *nach dem Tod*, das kommt im Grunde genommen auf dasselbe raus.
Cornelia:	Machst Du mir denn eine schöne Traueranzeige, wenn ich sterbe, Schatz?
Klaus:	Aber Du stirbst doch nicht, Liebling.
Cornelia:	Nein?
Klaus:	Du wärst natürlich tot.

Ruhe

„Sie schwiegen, denn es waren Menschen,
die den Wert des Wortes kannten
und nicht unnütz zu reden pflegten"
(Thomas Mann: Beim Propheten)

Personen:
Martin.
Hubert.

Ort: Friedhof.

Martin:	Hast Du was gesagt?
Hubert:	Nein.
Martin:	Warum nicht?
Hubert:	Was soll ich denn sagen?
Martin:	Na, irgendwas.
Hubert:	Warum denn?
Martin:	Du hast doch bestimmt irgendwas zu sagen.
Hubert:	Nö.
Martin:	Denen hört niemand mehr zu.
Hubert:	Wem?
Martin:	Denen, die hier liegen.
Hubert:	Die sind ja auch tot. Tote reden selten.
Martin:	Schade eigentlich.
Hubert:	Warum?

Martin: Tote haben bestimmt viel zu erzählen. Die haben noch ganz andere Zeiten erlebt.
Hubert: Na, toll. Stell Dir mal vor, alle Toten würden Dich vollquatschen, mit Geschichten von Stalingrad und wie sie damals im Graben gelegen haben und dass sie früher nichts hatten und so. Entsetzlich!
Martin: Oder wie es ist zu sterben. Der Blick hinter die große Barriere. Das ist doch bestimmt spannend.
Hubert: Spannend? Erhalte mir bitte die Spannung. Nur die Neugier ärgert sich über Geheimnisse. Irgendwann muss auch mal Ruhe sein.
Martin: Und wenn sie noch was zu sagen hätten?
Hubert: Was denn?
Martin: Ich weiß nicht. Irgendwas.
Hubert: Hallo, Herr Ziggenbrink. Haben Sie was gesagt? ... Warum nicht?
Martin: Siehst Du!
Hubert: Was soll ich sehen?
Martin: Er hat nichts gesagt, weil er es nicht mehr kann. Jetzt kann man nur noch über ihn und nicht mehr mit ihm reden.
Hubert: Aber bitte nur Gutes.
Martin: Und wenn er gar nicht gut war?
Hubert: Das spielt keine Rolle. Er ist tot.
Martin: Und?
Hubert: Über Tote sagt man nur Gutes.
Martin: Und wenn er ein Massenmörder war?

Hubert:	Das ist egal.
Martin:	Warum?
Hubert:	Weil er tot ist, Martin!
Martin:	Und wenn er aus Überzeugung ein Massenmörder war?
Hubert:	Und wenn er ein sich aufopfernder Menschenfreund war, der ehrenamtlich bei *Ärzte ohne Grenzen* arbeitete und Tiere liebte?
Martin:	Guck mal, ein Eichhörnchen.
Hubert:	Niedlich.
Martin:	Aber siehst Du - man kann ihn nicht mehr fragen.
Hubert:	Nö.
Martin:	Aber das ist schade, Hubi.
Hubert:	Du kannst ja seine Angehörigen fragen, oder Freunde und Bekannte, vielleicht Arbeitskollegen.
Martin:	Kann ich nicht.
Hubert:	Warum nicht?
Martin:	Auf diesem Friedhof wurde seit dem zweiten Weltkrieg niemand mehr begraben.
Hubert:	Also doch alles Massenmörder?
Martin:	So war das nicht gemeint!
Hubert:	Mancher Papst soll ja ein Unmensch gewesen sein, und Napoleon privat ganz nett. Das sagt nur keiner mehr.
Martin:	Jetzt verstehst Du, was ich meine. Sie können es einem nicht mehr sagen.
Hubert:	Vielleicht ist man erst *wirklich* tot, wenn sich niemand mehr an einen erinnert.
Martin:	Man sollte viel mehr auf die Grabstei-

	ne schreiben. Nicht wahr, Herr Ziggenbrink?
Hubert:	Vorsicht, Martin! Gegen Archive ist man machtlos.
Martin:	Hm.
Martin:	Hast Du was gesagt?
Hubert:	Nein.
Martin:	Warum nicht?
Hubert:	Du weißt doch: Wer immer redet, kann nichts lernen.
Martin:	Aber hier redet ja niemand.
Hubert:	Vielleicht sind die Toten ganz froh, dass sie nicht mehr reden müssen.
Martin:	Warum das?
Hubert:	Für die Lebenden ist eine Form Hölle, wenn ihnen niemand mehr zuhört. In der Hölle der Toten müssen sie vielleicht immer noch reden.
Martin:	Und das wollen sie nicht?
Hubert:	Vielleicht wollen sie jetzt Ruhe.
Martin:	Und wenn sie noch nicht alles erzählt haben?
Hubert:	Das ist doch besser, als wenn sie schon alles erzählt hätten.
Martin:	Meinst Du?
Hubert:	Sie wollen nichts mehr gefragt werden, sie wollen jetzt lernen.
Martin:	Sterben, um zu lernen?
Hubert:	Warum nicht? Ein schöner Gedanke, oder?
Martin:	Ja.
Hubert:	Hast Du gerade was gesagt?

Martin: Nein.
Hubert: Warum nicht?
Martin: Ach, Hubi, ich habe manchmal Angst, dass ich schon laut denken könnte.

Kinder

Personen:
Frau Loggenkämper.
Frau Doktor.

Ort: Waldweg.

Frau Doktor: Hallo, Frau Loggenkämper.
Frau Loggenkämper: Ach, hallo, Frau Doktor.
Frau Doktor: Na, auch ein wenig unterwegs?
Frau Loggenkämper: Wie es scheint.
Frau Doktor: Nochmal den Herbst genießen, oder?
Frau Loggenkämper: Es ist schönes Wetter heute.
Frau Doktor: Oh, sieh´ mal einer an - ein Kinderwagen. Ist das Ihrer?
Frau Loggenkämper: Der Kinderwagen? Ja.
Frau Doktor: Das Kind.
Frau Loggenkämper: Nein, ich habe einen Nebenjob als Kindermädchen angenommen.
Frau Doktor: Wirklich? Aber Sie waren doch auch schwanger, nicht wahr?
Frau Loggenkämper: Es ist mein Kind, Frau Doktor.
Frau Doktor: Süß! Ganz der Papa.

Frau Loggenkämper: Sie kennen meinen Mann?
Frau Doktor: Natürlich nicht. Aber wie Sie sieht der Kleine nun wirklich nicht aus.
Frau Loggenkämper: Es ist ein Mädchen.
Frau Doktor: Niedlich, ganz zauberhaft. Wie alt ist sie denn?
Frau Loggenkämper: Bald 15 Wochen.
Frau Doktor: Ach, so alt schon? Dann ist sie wohl auch schon reinlich, nicht wahr?
Frau Loggenkämper: Bitte?
Frau Doktor: Ich meine, sie braucht wohl keine Windeln mehr, oder?
Frau Loggenkämper: Doch. Wie gesagt: Sie wird bald 15 Wochen.
Frau Doktor: Also meinen Jonathan hatte ich mit 15 Wochen schon ganz sauber.
Frau Loggenkämper: Sie haben noch ein Kind bekommen?
Frau Doktor: Nein, nein, mein Mann ist ja schon lange tot. Ich meine meinen Jonathan, meinen Königspudel.
Frau Loggenkämper: Ach, und der war mit 15 Wochen schon stubenrein?
Frau Doktor: Ja, genau.
Frau Loggenkämper: Ich befürchte, bei meiner Tochter dauert es noch ein wenig länger.
Frau Doktor: Naja, es können ja auch nicht alle Kinder die gleichen Voraussetzungen haben, nicht

	wahr, Frau Loggenkämper? Stillen Sie denn noch?
Frau Loggenkämper:	Ja.
Frau Doktor:	Ich konnte meinen Jonathan ja nie stillen. Das hat aber auch seine Vorteile.
Frau Loggenkämper:	Was macht Ihr Großer jetzt eigentlich?
Frau Doktor:	Der studiert Jura in Bielefeld.
Frau Loggenkämper:	Studiert schon? Wie die Zeit vergeht.
Frau Doktor:	Wohl wahr!
Frau Loggenkämper:	Und macht es ihm Spaß?
Frau Doktor:	Ach, meistens erzählt er ja nicht viel. Sie kennen das ja vermutlich von ihrer Kleinen.
Frau Loggenkämper:	Ich weiß sehr gut, was Sie meinen.
Frau Doktor:	Aber ich habe meine Ohren ja überall. Da soll er sich mal nicht vertun. Letztens bekam ich einen Anruf von einer jungen Frau. Sie war wohl mit ihm essen und hat dann sein Handy geklaut. Ich habe sie nicht so richtig verstanden. Aber ich sage Ihnen, diese junge Dinger an der Uni sind alle nur auf sein Geld aus.
Frau Loggenkämper:	Meinen Sie?
Frau Doktor:	Jaja. Da bin ich ganz sicher. Am besten schnell einen Braten in die Röhre und von da an abkassieren. Ich kenne das

	doch.
Frau Loggenkämper:	Kenne Sie?
Frau Doktor:	Was meinen Sie, wie ich mir damals meinen Wolfgang geangelt habe? Von Frau zu Frau darf ich das ja mal so sagen, nicht wahr, Frau Loggenkämper?
Frau Loggenkämper:	Von Frau zu Frau, Frau Doktor.
Frau Doktor:	Aber das war vielleicht eine kleine Ziege am Telefon. Also, die bekommt meinen Jonath... meinen Charles-Henri nicht. Da habe ich schließlich auch noch ein Wörtchen mitzureden.
Frau Loggenkämper:	Als Mutter natürlich.
Frau Doktor:	Solche Gören mit langen Beinen und großen Brüsten, die meinen aus der Gnade der schönen Geburt heraus etwas verdient zu haben, sollten sich lieber einen Hund kaufen.
Frau Loggenkämper:	Einen Hund? Es klingt nicht so, als ob das ganz Dasselbe wäre.
Frau Doktor:	Einen Hund kann man auch lieben, glauben Sie mir. Hatten Sie mal einen Hund, Frau Loggenkämper?
Frau Loggenkämper:	Nein, noch nie.
Frau Doktor:	Ihr Mann vielleicht?
Frau Loggenkämper:	Nein, auch nicht. Aber ich

	glaube seine Großeltern.
Frau Doktor:	Das ist gut so. Hunde sind ja auch viel pflegeleichter als Vögel.
Frau Loggenkämper:	Oder Katzen.
Frau Doktor:	Oder Kinder. Wo ist mein Jonathan eigentlich? Jonathan!
Frau Loggenkämper:	Ich glaube, der jagt ein Eichhörnchen. Dort am Baum.
Frau Doktor:	Ein Eichhörnchen. Wie niedlich! Genau wie Ihr Kind. Ganz zauberhaft. Sagte ich das schon?
Frau Loggenkämper:	Das sagten Sie bereits. Frau Doktor, meine Kleine weint. Ich befürchte, wir müssen jetzt nach Hause.
Frau Doktor:	Es war ganz reizend, Sie getroffen zu haben. Alles Gute weiterhin. Ja, wir müssen jetzt, glaube ich, auch nach Hause. Jonathan scheint Hunger zu haben. Auf Wiedersehen, Frau Loggenkämper.
Frau Loggenkämper:	Auf Wiedersehen, Frau Doktor.
Frau Doktor:	Jonathan!

Liberneo

Für Ralf.

Personen:
Reporter.
Präsident.

Ort: Strand.

Reporter: Ich befinde mich hier auf Liberneo, der Hauptinsel des Staates Liberneo, der inoffiziell auch „Staat der zwei Inseln" genannt wird. Bei mir ist der Präsident des Landes, der seit der Gründung der Inselrepublik vor gut zwanzig Jahren zum ersten Mal ein Interview gibt. Guten Tag.
Präsident: Guten Tag.
Reporter: Sehr geehrter Herr Präsident, eine Frage vorab: Heißt es eigentlich Liberneo oder Liberneo?
Präsident: Liberneo.
Reporter: Danke. Das so schwer zu ... also, wenn man es nur liest.
Präsident: Ich verstehe.
Reporter: Das ist wie mit den Namen von Fußballspielern. Sie wissen, was ich meine.

Präsident: Nein.
Reporter: Das ist ein sehr nettes Plätzchen auf der Welt, hier mitten in der Südsee.
Präsident: Äquatornähe. Es herrscht ein angenehmes Klima, wenn man sich daran gewöhnt hat. Es ist übrigens nur eine Insel.
Reporter: Es sieht aber aus wie ...
Präsident: Sieht aus wie zwei, ist aber nur eine.
Reporter: Aha. Wie sind Sie damals auf die Idee gekommen, diesen Staat zu gründen?
Präsident: Sie gehen gleich in medias res, sozusagen.
Reporter: Wohin?
Präsident: Das schätze ich. Nun, es ist eigentlich ziemlich einfach. Meine Kameraden, Freunde, Mitstreiter ... Wie soll man sagen? Auf jeden Fall: Wir fühlten uns im Rest der Welt nicht mehr wohl. So kamen wir hierher. Im Grunde genommen ist es die klassische Aussteiger-Geschichte.
Reporter: Wie konnten Sie diese Inseln erwerben? Soweit ich weiß, gehörten diese Eilande einst zu Tuvalu.
Präsident: Tavulu? Kann sein. Oh, wir haben sie nicht erworben. Die Natur kam uns zur Hilfe. Es fegte eine Naturgewalt über sie. Die Inseln waren praktisch unbewohnbar geworden, und die Armseligen, die auf ihnen gelebt hatten, wurden vom Wind und Wasser von ihnen getilgt. Dann kamen wir und haben sie bevölkert. Das war es

	auch schon.
Reporter:	Und Tavalulu, oder ... hat nie wieder einen Anspruch darauf erhoben?
Präsident:	Sie wurde mit ihren Bewohnern schon lange zuvor aufgegeben. Was hätte man sagen können?
Reporter:	Und dann haben Sie sich eine Verfassung gegeben.
Präsident:	Vieles haben wir einfach von anderen abgeschrieben, Namen und Daten geändert. Das funktionierte bei der damaligen Weltordnung.
Reporter:	Die anderen Staaten haben Sie anerkannt.
Präsident:	Eine Handvoll zunächst nicht, aber mittlerweile gibt es niemanden mehr, der unsere Souveränität anzweifeln würde.
Reporter:	Wie ernähren Sie sich? Wovon leben Sie?
Präsident:	Hier wächst mehr, als man glauben mag. Den Rest gibt uns das Meer. Apfel?
Reporter:	Aus dem alten Land?
Präsident:	Nee, unsere eigenen.
Reporter:	Danke, dann nicht. ... Sie betreiben keinen Handel mit anderen Staaten?
Präsident:	Wozu? Was könnten sie uns geben? Aber ich muss gestehen, dass wir ein bisschen Gold für den Notfall neben dem Versammlungshaus liegen haben.
Reporter:	Sind Sie nicht besorgt, dass es jemand stehlen könnte?
Präsident:	Hier braucht es niemand.

Reporter:	Woher bekommen Sie Wasser und Strom?
Präsident:	Das Wasser fällt vom Himmel, der Strom strahlt vom Himmel.
Reporter:	Also haben Sie Solar-Anlagen?
Präsident:	Die halten ewig.
Reporter:	Es ist kaum zu glauben, dass Sie völlig autark sind.
Präsident:	Wenn man nichts Begehrenswertes zeigt, verhindert man, dass das Herz wirr wird. Das hat mal ein kluger Mann gesagt.
Reporter:	Wissen Sie noch wer?
Präsident:	Das ist lange her. Wir versuchen hier eher, unsere Weisheiten an unser Leben anzupassen.
Reporter:	Vermissen Sie keinen Luxus?
Präsident:	Es gab Länder, in denen war ein sauberer Eimer Wasser wahrer Luxus. Davon haben wir genug.
Reporter:	Diese Länder gibt es immer noch.
Präsident:	Noch keinen Schritt weiter, was?
Reporter:	Was kriegen Sie von der Außenwelt mit?
Präsident:	Was ist außen, was ist innen?
Reporter:	Sie sind innen, ich bin außen.
Präsident:	Dann weiß ich genug.
Reporter:	Noch einmal zurück zu Ihren Beweggründen. Warum sind Sie ausgestiegen, wie Sie es nennen?
Präsident:	Es reichte. Das Fass war übergelaufen. Die Gelegenheit war da. So here we are.
Reporter:	Wollen Sie mir das erläutern?

Präsident:	Eigentlich nicht.
Reporter:	Haben Sie eventuell Angst?
Präsident:	Wovor?
Reporter:	Falls Sie es nicht wissen: Meine kleine Kamera verbessert nur die Qualität unseres Gespräches. Der größte Teil der Welt wird mittlerweile von Satelliten, Richtmikrophonen und was weiß ich nicht was überwacht.
Präsident:	Ich weiß.
Reporter:	Ihre Inseln gehören sicherlich auch dazu.
Präsident:	Ich weiß.
Reporter:	Sie haben also keine Angst?
Präsident:	Nein.
Reporter:	Aber viele Teile Ihrer Inseln sind überdacht. Ist das wegen der Spionage?
Präsident:	Spionage? Nun ja, das auch. Aber man will ja auch nicht nass werden. Und ein bisschen Privatsphäre braucht es auch, wenn Sie verstehen, was ich meine.
Reporter:	Ich bin mir nicht sicher.
Präsident:	Freie Liebe endet nicht bei den Personen allein, sondern geht auch weit über Orte hinaus.
Reporter:	Freie Liebe?
Präsident:	Oje! Sie haben vielleicht noch etwas Recherche vor sich.
Reporter:	Ich werde mein Bestes tun.
Präsident:	Was wissen Sie überhaupt von früher, junger Mann?
Reporter:	Die historischen Archive sind in ih-

	rem Zugang eingeschränkt.
Präsident:	So ein Zufall, nicht wahr?
Reporter:	Was hat das Fass für Sie zum Überlaufen gebracht?
Präsident:	Wir waren es gewohnt, dass Menschen den Staat, die Gesetze und die Gesellschaft bestimmen. Heute wird das alles von der Technik bestimmt. Das Zeitalter des Menschen ist längst vorbei. Die Ära des technisch Möglichen ist angebrochen und jede uns bekannte Ethik hinten über in den Abgrund gerutscht. Auf dem Spielfeld war kein Platz mehr für uns.
Reporter:	Spielfeld?
Präsident:	Kennen Sie noch Pacman oder Tetris?
Reporter:	Nein.
Präsident:	Nachdem Google, Microsoft, Amazon und Facebook mit all ihren Tochterfirmen zur BB Ass. Comp. & Co. Ltd. zusammengelegt wurden, gab es in unseren Augen keine Freiheit mehr. Aus einer Person wurde eine Identität, aus einer Identität wurde ein Datensatz, aus einem Datensatz wurde eine Ware. Das, was wir noch Waren nannten, Kartoffeln, Brot, Bier, der Besuch beim Friseur oder der Konsum selbst wurden zur neuen Währung.
Reporter:	Das haben aber alle Wirtschaftsexperten so vorhergesagt.
Präsident:	Wir aber wollten das nicht. Viele von uns verstanden das auch gar nicht. Wir wollte unsere Freiheit. Wir haben

Neid und Gier unterschätzt und als negativ abgetan. Jetzt gab es nur noch einen Telefonanbieter, einen Energieversorger und eine Krankenkasse, gut versteckt hinter vielen Telefonanbietern, vielen Energieversorgern und vielen Krankenkassen. Die konnten mit uns machen, was sie wollten.

Reporter: Aber sahen oder sehen Sie nicht die Vorteile an dem ganzen System, welche Beschwerlichkeiten es uns auch abgenommen hat?

Präsident: Dumm wie ein Fuchs und clever wie ein Hase.

Reporter: Ich verstehe nicht.

Präsident: Ääh ... Dumb as a fox and smart as a rabbit.

Reporter: Ach so. Wenn Sie keinen Handel treiben, ist also alles da, was Sie benötigen?

Präsident: Ja. Wir haben alles, was wir brauchen. Und was wir nicht brauchen, haben wir auch nicht.

Reporter: Was wäre das zum Beispiel?

Präsident: Kinos, Kirchen, Krankenhäuser, Friedhöfe.

Reporter: Keine Krankenhäuser?

Präsident: Nein. Wozu auch? Wir haben ja keine Ärzte.

Reporter: Und wenn jemand krank wird?

Präsident: Dann ist seine Zeit gekommen, dann muss er gehen. Kranke können wir hier sowieso nicht brauchen.

Reporter: Und keine Friedhöfe?

Präsident:	Nein.
Reporter:	Sie haben keine Friedhöfe?
Präsident:	Nicht einen.
Reporter:	Aber wie …
Präsident:	Das möchten Sie gar nicht wissen.
Reporter:	Eigentlich schon, aber wenn Sie nicht darüber reden möchten …
Präsident:	Sie würden es nicht verstehen.
Reporter:	Was sagen Sie Menschen, die zu Ihnen kommen wollen?
Präsident:	Unser Staat ist über zwanzig Jahre alt. Es will niemand kommen. Wir wurden früher schon von der Jugend auch die „ewig Gestrigen", die „Fortschrittsverweigerer" genannt. Sicher auch als Sie noch gezüchtet wurden.
Reporter:	Ich wurde gezeugt.
Präsident:	Und gezüchtet.
Reporter:	Ich habe studiert.
Präsident:	Sehen Sie.
Reporter:	Was wird die Zukunft bringen?
Präsident:	Das weiß ich nicht. Ich hoffe, morgen scheint die Sonne. Die Früchte können noch mehr Süße vertragen.
Reporter:	Sie haben Angst vor Veränderung. Haben Sie Angst vorm Klimawandel?
Präsident:	Kann man ihn denn noch aufhalten?
Reporter:	Vermutlich nicht.
Präsident:	Dann nur, wenn er an die Tür klopft. Und ich habe keine Angst vor Veränderung. Wir sind flexibler und stärker als Sie denken. Sie begreifen hingegen nicht, was Sie verwundbar macht.
Reporter:	Das war ein schönes Schlusswort. Ich

	danke Ihnen für das Gespräch.
Präsident:	Ich danke Ihnen.
Reporter:	Wo ist mein Boot?
Präsident:	Das haben wir an Land gezogen.
Reporter:	Warum das denn? Sehr aufmerksam, aber das war gar nicht nötig. Ich wollte jetzt aufbrechen.
Präsident:	Nun ja, wie soll ich es ausdrücken? Wir hatten schon lange kein Fleisch mehr.
Reporter:	Was bitte?
Präsident:	Sie sind Fleisch.
Reporter:	Das können Sie nicht machen.
Präsident:	Wir können. Sie sind die Ware. Noch nicht begriffen?
Reporter:	Man wird Sie beobachten und Sie hören mit den Richtmikrophonen, mit den Satelliten. Die Welt weiß, was hier geschieht, auch ohne meine Kamera.
Präsident:	Ich weiß. Aber ich glaube nicht, dass diejenigen, die damals noch gelacht haben, heute auch noch lachen.
Reporter:	Man wird sie verurteilen.
Präsident:	Wer denn? Hier im Staat der zwei Inseln haben wir unsere eigenen Gesetze.
Reporter:	Sie werden ihre Souveränität aberkennen. Ihr Leben wird nie wieder so sein wie jetzt. Sie mögen doch Ihr freies Leben, oder nicht? Man wird mit Soldaten kommen.
Präsident:	Wegen Ihnen? Glauben Sie?
Reporter:	Das kann Ihnen doch keine Welt

	durchgehen lassen.
Präsident:	Menschen haben Putin verehrt, Sie haben Trump und Erdogan verehrt, die priesen Kim Jong Ill und folgten ihrem einzigen Führer. Hitler, Nero, Napoleon, Cäsar, Mussolini. Die Völker ließen sich von denen betrügen, die es am lautesten verkündeten. Hat jemand die großen Friedensstifter verehrt?
Reporter:	Ja!
Präsident:	Nennen Sie mir einen.
Reporter:	Ich ...
Präsident:	Schnell!
Reporter:	Zuckerberg. ... Nein, Musk.
Präsident:	Zwecklos! Aus Ihrer Recherche wird nun wohl nichts werden. Bringt ihn weg!
Reporter:	Nein!
Präsident:	Stecht ihm die Augen aus und schneidet ihm Ohren und Zunge ab. Werft es den Fischen vor. Macht ihn blind, taub und stumm.
Reporter:	Sie sind doch irre!
Präsident:	Es war doch ein nettes Gespräch. Ich hoffe, ich konnte dazu beitragen, Ihre Neugierde zu stillen. Schlagt ihm den Kopf samt Hirn und gebt ihn den Hunden.
Reporter:	Hilfe! Hilfe! Kann mich jemand hören?
Präsident:	Bestimmt kann man das. Uninteressant!
Reporter:	Ich habe Preise gewonnen.

Präsident: Von Menschen wie Ihnen für Menschen wie Sie.
Reporter: Ich habe Geld. Ich gebe Ihnen Geld.
Präsident: Ihr Geld ist hier nichts wert. Später legt Ihr die Knochen in sein Boot und gebt es der See. Los jetzt! Zieht ihm die Haut ab, während er noch schreit. Ich will die Haut und habe Hunger.
Reporter: Bitte! Bitte nicht!
Präsident: Der Rest ist für Euch. Ich will nur die Haut, die das Fleisch umgibt.

Troja

Für Ralf.

Personen:
Helene.
Herr Ekplist.

Ort: Klassenzimmer.

Herr Ekplist: Helene, hör´ endlich auf, Dich mit Deinem Handy zu beschäftigen! Gib das jetzt her!
Helene: Bitte.
Herr Ekplist: Also, Helene, wie wurde der Legende nach die Stadt Troja besiegt?
Helene: Warm würde es an diesem Tag werden. Das versprach bereits die Sonne bei ihrem Aufgang. Schnell verwandelte sie den Himmel von einer sternenklaren, schwarzen und mondlosen Nacht über ein rotbrennendes Höllenfeuer in eine kräftige azurblaue Unendlichkeit. Nur vereinzelt zogen an diesem verheißungsvollen Morgen dünne Wolken vorbei. Es hatte seit Tagen nicht geregnet. Möwen suchten ihren Weg nach Westen und fanden ihn nicht.

Heiß würde es auch im Inneren werden, das wusste Neoptolemos. Er blickte auf das Meisterwerk des Epeios, welches dieser in nur drei Tagen aus Hornstrauch und Tanne gebaut hatte. Er selbst sagte, er hätte Hilfe von Pallas Athene dabei gehabt. Jahre später würde er die Stadt Pisa gründen. Die Silhouette eines gigantischen Pferdes zeichnete sich stolz gegen den wirren, kreisenden Flug der Meeresvögel ab.

Mit dem Licht im Rücken hingegen schienen die Augen des hölzernen Wunderwerkes aus Obsidian und Bernstein fast lebendig zu sein. Die Mähne des Rosses waren aus echtem Hengsthaar, die Zähne aus Elfenbein. Seine Hufe glänzten wie polierter Marmor. Neoptolemos ging mehrfach um dieses schönste Manifest der Verheißung und Vergeltung, wie er es nannte, herum. Er konnte seine Ehrfurcht kaum verbergen.

Noch vor wenigen Tagen hatte kaum jemand der Achaier an dieses Vorhaben glauben wollen. Eine verstärkte Linie von Soldaten vor den Toren der Stadt sollte jeden Durchbruch zu ihrem geheimen Treiben verhindern. Doch die Trojaner waren auch zu erschöpft von der neun Jahre langen Nahrungsverknappung und wagten erst gar nicht, derart geschwächt die Belagerer anzugreifen. Der Großteil der Griechen jedoch schlug das Holz und sie brachten es an die Werkstätte des Epeios, der selbst in das Gefährt steigen sollte. Auf einer Lichtung in einer Senke hinter zwei Hügeln vor dem Herrschersitz des Priamos konnte niemand der Feinde den Bau des vergifteten Geschenkes beobachten. Das Pferd nahm schnell nach und nach Gestalt an.

Unterdessen machte sich Sinon auf nach Troja. Unter einem Vorwand schlich er sich mit einigen Boten, die von den Gefolgsmännern des Odysseus′ absichtlich nicht zu leicht, aber erfolgreich durch die östlichen Stadtmauern gelassen wurden, in die Höhle der Hölle, aus der sonst nur Legenden drangen. Er mischte sich unter das Volk in die Tavernen, wo er schnell aber ohne Hast trank. Er berichtete, dass die Belagerer ein großes Pferd besäßen, was jenen aber Unheil brächte. Auch aus diesem Grund würden die müden Soldaten die Belagerung bald beenden und über die See in ihre Heimat zurückkehren. Doch den Menschen von Troja würde das Pferd Glück bringen und sie schützen. Unglücklicherweise sei es aber so groß, dass es nicht durch die Tore passen würde. Doch, so versicherte Sinon, in diesem Punkt irrten sich die Griechen.

Noch während ihres abendlichen Mahls erfuhr Kassandra von diesen Gerüchten. Sie ließ sofort Laokoon in ihre reich geschmückten Gemächer kommen. Jener hätte es niemals gewagt, der Tochter seines Königs zu widersprechen, als diese vor den Plänen warnte, zu versuchen, das Pferd nach Ende der Okkupation in die Stadt zu ziehen. Bei ihrem Vater stießen sie und Laokoon allerdings auf taube Ohren, und auch die Stadtbewohner wollten von den Warnungen nichts wissen. Die Bevölkerung gierte nach Erfolg, nach Sieg, Befreiung und Genugtuung.

Über dreißig Männer, darunter die namhaftesten Krieger, stiegen an diesem Morgen in das hölzerne Pferd, lange nachdem die ersten Schiffe fast ohne Besatzung an Bord die Küste Richtung Griechenland verlassen hatten. Wenn sie erst innerhalb der Stadtmauern wären, würden sie des Nachts die Tore öffnen und die Bevölkerung Trojas ihrer Armee zum menschenverachtendsten und verbrecherischstem Schlachten auf einem Silbertablett servieren. Niemand würde den angestauten Frust der seit Jahren der Heimat Entrissenen aufhalten wollen. Nach neun Jahren würden sie ihr blaues Wunder erleben. Noch ahnte niemand, dass Antiklos von Odysseus selbst noch im Pferde erstickt werden würde. Keiner erwartete den tragischen Tod des tapferen Argonauten Echion, der zu früh aus dem Pferd springen sollte. Neoptolemos sah in den Himmel. Die Trojaner würden ihr blaues Wunder erleben. Ein himmelblaues Wunder.

Herr Ekplist: Äh, ja. So könnte es mit viel Phantasie gewesen sein. Gut Helene.
Helene: Und das alles wegen einer Frau?
Herr Ekplist: Der Legende zufolge: ja.
Helene: Ein bisschen unglaubwürdig, nicht wahr?
Herr Ekplist: Es ist halt Geschichte.
Helene: Eine Geschichte. ... Äh, Herr Ekplist?
Herr Ekplist: Ja, Helene?
Helene: Mein Handy.
Herr Ekplist: Bitte.

Flurwoche

Personen:
Luise.
Sanitäter.

Ort: Treppenhaus.

Luise: Entschuldigung! Sie können hier jetzt nicht durch.
Sanitäter: Ähh... Wir sind Sanitäter.
Luise: Das sehe ich, aber Sie können hier jetzt nicht durch. Ich habe gerade gewischt.
Sanitäter: Wir müssen hoch zu Frau Brachsieker. Es handelt sich um einen Notfall.
Luise: Sie müssen warten, bis das Treppenhaus trocken ist.
Sanitäter: Es ist dringend. Es handelt sich, wie gesagt, um einen Notfall.
Luise: Na, so dringend kann es ja nicht sein. Schließlich habe ich Sie gerufen, und das war vor ... 78 Minuten.
Sanitäter: Sie haben uns gerufen wegen Frau Brachsieker?
Luise: Ja. Wie gesagt, vor 78 Minuten.
Sanitäter: Sie haben uns angerufen und dann angefangen, das Treppenhaus zu wi-

	schen?
Luise:	Weiter zu wischen. Ich habe diese Woche Flurwoche, und ich bin sauber.
Sanitäter:	Das bezweifle ich nicht. Aber Frau Brachsieker benötigt unsere Hilfe. Sie haben uns doch selber gerufen.
Luise:	Vor über 78 Minuten.
Sanitäter:	Ja, das sagten Sie bereits.
Luise:	Sie werden warten müssen, bis es trocken ist. Sauberkeit kommt gleich nach Frömmigkeit.
Sanitäter:	Bitte?
Luise:	*Sei vor allem sauber*, hat meine Mutter - Gott hab sie selig - immer gesagt. Schon immer. Alles Schlechte kam 46 aus dem Osten, der harte Winter und die Schlesier. Die Deutschen mochten es sowieso schon nicht, dass sie mit uns ihre Wohnungen teilen mussten.
Sanitäter:	Sicherlich, aber…
Luise:	Und was meinen Sie, was das für ein Kampf war, als mein lieber Mann – Gott hab ihn selig – eine Schlesierin heiraten wollte? Meine Schwiegereltern…
Sanitäter:	Gott hab sie selig.
Luise:	Wieso das?
Sanitäter:	Ich dachte…
Luise:	*Aber eines lassen wir uns nicht vorhalten*, sagte meine Mutter immer, *dass wir nicht sauber wären*. Ich habe die Flurwoche. Ich bin eine saubere und anständige Frau. Und ich halte sauber.

Sanitäter:	Wir müssen jetzt wirklich dringend da hoch.
Luise:	Sie mit Ihren dreckigen Schuhen laufen mir schon gar nicht dadurch.
Sanitäter:	Was?
Luise:	Ja, sehen Sie sich mal Ihre Schuhe an!
Sanitäter:	Gehen Sie zur Seite! Vielleicht geht es um Leben und Tod, verdammt nochmal. Die Frau leidet bestimmt und wartet auf uns.
Luise:	Seit über 80 Minuten. Aber, dass Sie auch noch fluchen müssen...
Sanitäter:	Ich mache gleich noch was ganz anderes.
Luise:	Einen Schritt weiter und Sie bekommen es mit meinem Schrubber zu tun. Ich habe Frau Brachsieker ja gesagt, dass Sie unterwegs sind. Sie ist übrigens meistens auch sehr reinlich.
Sanitäter:	Sie bekommen gleich eine Anzeige. Sauber oder nicht.
Luise:	Na bitte, es ist doch schon getrocknet. Immer diese sinnlose Hast.
Sanitäter:	Sinnlos?
Luise:	Sie ist nicht in Lebensgefahr. Sie ist bloß ausgerutscht.
Sanitäter:	Ausgerutscht?
Luise:	Ja, vor fast 90 Minuten.
Sanitäter:	Los, Reiner!
Luise:	Vierter Stock, die Wohnung links. Und sagen Sie Frau Brachsieker bitte, ab Montag ist sie mit dem Treppenhaus dran.

Damals

Personen:
Heinz.
Klaus.

Ort: Eiscafé.

Heinz: Sieh mal, die da drüben.
Klaus: Jau.
Heinz: Jung müsste man wieder sein.
Klaus: Mal wieder.
Heinz: Weißte noch? Damals?
Klaus: Vor uns war ja keine Frau sicher.
Heinz: Keine Frau. Nee.
Klaus: Nee.

Heinz: Boah! Und jetzt sieh mal die da hinten.
Klaus: Wo?
Heinz: Na, die in Rot… die im roten…
Klaus: Jau, die in Rot ist…
Heinz: Du hast auch schon mal besser gesehen.
Klaus: Damals.
Heinz: Jung, Klaus, jung müsste man wieder sein.
Klaus: Mal wieder.
Heinz: Ich meine, sie muss ja nicht gerade zwanzig…
Klaus: Nee, muss ′se nicht, nee.

Heinz: Schau mal! Die in dem Kurzen.

Klaus: Jau, die ist... Jau!
Heinz: Keine zwanzig.
Klaus: Wenn überhaupt.
Heinz: Wenn man noch mal jung wäre...
Klaus: Was dann, Heinz?
Heinz: Wir beide, Klaus, Du und ich, wir könnten sie doch alle haben.
Klaus: Alle. Könnten wir.
Heinz: Wie damals.
Klaus: Jau, wie damals. Mal wieder.

Heinz: Wir hatten sie ja alle.
Klaus: Alle hatten wir.
Heinz: Du hast ziemlich früh geheiratet.
Klaus: Irgendwann musste mit dem ganzen Spaß ja mal Schluss sein.
Heinz: Ging ja nicht immer so weiter.
Klaus: Nee, allein wegen der Gesundheit schon.
Heinz: Nee, nee.
Klaus: Hier auch weil Rücken.
Heinz: Jaja... Aber Du hast ja auch reichlich, Klaus.
Klaus: Du aber auch.
Heinz: Und wie gerne.
Klaus: Damals, Heinz.

Heinz: Weißte noch? Die Marianne?
Klaus: Jau. Die Marianne weiß ich noch.
Heinz: Die war aber so was von... Nich?
Klaus: Jau, die hatte wirklich was.
Heinz: Damals.
Klaus: Die sah aber lange auch noch..., Heinz.
Heinz: Jau. Lange Zeit noch. Wirklich.
Klaus: Und zwanzig muss sie heute ja auch nicht mehr.

Heinz: Nee, muss 'se nich!
Klaus: Jaja, so geht das immer weiter.
Heinz: Jau, immer weiter geht es so.

Klaus: Musst Du nich langsam nach Hause?
Heinz: Nee, muss ich nich. Es gibt Stippgrütze.
Klaus: Guck mal dort rüber zur Bäckerei!
Heinz: Die ihren Königspudel an den Baum kacken lässt?
Klaus: Kannste Dir die in jung vorstellen?
Heinz: Nee!

Hilfsbereitschaft

Personen:
Luise.

Ort: Flur.

Luise: Blinsenkötter. ... Hallo? ... Ja, da sind Sie hier richtig. ... Blinsenkötter, ja. ... Ja? ... Ach, Hallo, Frau Brachsieker. ... Frau Doktor Brachsieker. Natürlich. ... Hier bei mir? ... Die ganze Zeit besetzt? ... Ja, das kann sein. Ich war nicht zuhause. ... Danke, mir geht es gut. ... Ja, das Treppenhaus habe ich wieder sauber gemacht. ... Nächste Woche? ... Ich nochmal das Treppenhaus? Oh, Frau Brachsieker, das sieht schlecht aus. ... Sehen Sie, ich habe ja auch so einiges, was ich zu erledigen habe. ... Jaja ... Rente heißt ja nicht, dass man nichts mehr zu tun hat, nicht wahr? ... Nein, nein. Ganz im Gegenteil. ... Es muss ja auch alles geplant sein. ... Nein, Frau Brachsieker, ich fürchte, das kann ich Ihnen nicht abnehmen. ... Frau Doktor Brachsieker, selbstverständlich. ...Wie gesagt ... Wenigstens mit Ihrem Hund kurz raus? ... Jonathan, ja. ... Jetzt? ... Das geht leider nicht. Ich muss mich noch um das Essen kümmern. Man will ja auch mal fertig werden am Tag, nicht wahr?

... Jaja, manche Sachen hätte man besser schon gestern erledigt, nicht wahr? ... Auch essen, jaja. ... Man will ja auch mal von den Beinen kommen, nicht wahr? ... Ja, Frau Brachsieker, ich kann mir vorstellen, dass Sie zur Zeit schlecht laufen können. ... Gar nicht. ... Jaja. ... Aber wie gesagt ... Nein, ich wusste nicht, dass Frau Loggenkämper ihr Kind bekommen hat. ... Beim Waldspaziergang mit Jonathan... Ja, sicherlich. ... Ja, da trifft man sich. ... Man erfährt so einiges. ... Aber, Frau Brachsieker, ich kann nicht mit Jonathan ... Ich kenne mich mit Hunden auch gar nicht so gut aus. ... Meistens ganz lieb, jaja. ... Königspudel, ich weiß, Frau Brachsieker... Frau Doktor Brachsieker, ja. ... Frau Brachsieker, ich kann auch nicht einfach an Ihren Briefkasten gehen. Nachher sieht das noch ein Nachbar. ... Nein, nein. Das geht nicht. ... Nein, tut mir Leid. ... Doch, doch, danke, mir geht es soweit gut. ... Mal auf einen Kaffee zu Ihnen raufkommen? Warum nicht, Frau Brachsieker. ... Frau Doktor Brachsieker ... Ein kleines Piccolöchen hätten Sie nicht da? ... Ob ich Ihnen etwas vom Einkaufen mitbringen könnte? Frau Brachsieker, das kann ich Ihnen so nicht versprechen. Ich habe ja auch immer viel zu tragen. ... Doch, doch, ich habe das Auto noch. ... Ich kann es Ihnen nicht versprechen. Wie gesagt ... Frau Brachsieker, Sie sollten da vielleicht mal Ihren Sohn fragen. ... Frau Doktor Brachsieker, natürlich. ... Ja, ich weiß, der studiert etwas weiter weg. ... Jura, ja, ich weiß. ... Ja, sie können sehr stolz auf ihn sein. ... Ja. ... Unsere Tochter Helene hat gerade in Geschichte eine Eins ... Nein, Helene hat bestimmt nicht das Handy von Charles-Henri. ... Nein. ... Aber wenn Ihr Sohn nach dem Rechten schaut ... könnte er dann doch auch gleich die Post aus Ihrem Briefkasten nehmen. ... Ja, danke, manchmal habe ich so etwas. Viele fragen mich ja auch um Rat. ... Doch, doch. ... Ich habe ja viele Bekannte, ich weiß manchmal gar nicht, wie ich die alle unter einen Hut bringen soll. ... Frau Brachsieker, wenn ich Ihnen mal einen ganz unbescheidenen Rat geben darf: Sie müssen ein bisschen besser auf sich aufpassen, gerade beim Treppensteigen. ... Jaja, ich meine, Sie haben ja jetzt auch das Alter, in dem nicht alles mehr so schnell verheilt wie früher, nicht wahr? ...Jaja. Danke. Wie gesagt: Viele meiner Bekannten fragen mich ja um Rat. ... Aber das mit dem Piccolöchen machen wir mal. ... Ja. ... Sie sagen mir einfach Bescheid, wenn es Ihnen dann passen würde. ... Ja, Frau Brachsieker. ... Ach, nichts zu danken. ... Und Sie denken an die Flurwoche, ja? Gerade Ihr Hund... Ihr Jonathan, ja. ... Wunderbar, Frau Brachsieker. ... Frau Doktor Brachsieker. ... Ja, einen angenehmen Tag noch. ... Nein, nein, nicht kurzum, Frau Doktor, aber ich muss jetzt auch noch einkaufen. ... Für´s Essen. Genau. Wie gesagt, man will ja auch mal fertig werden am Tag, nicht wahr? ... Auf Wiederhören, Frau Doktor Brachsieker.

Notruf

Für Siggi.

Personen:
Notfallzentralenmitarbeiter/In und Diverse. (NZM)
Anrufer.

Ort: Telefon.

NZM:	Notruf 110. Polizeiliche Notfallzentrale. Was kann ich für Sie tun?
Anrufer:	Bitte! Kommen Sie schnell. Bei uns an der Schule gibt es einen Amoklauf.
NZM:	Es ist wichtig, dass Sie jetzt Ruhe bewahren und mir ein paar Fragen beantworten. Zunächst einmal: Ist der Schüler bewaffnet?
Anrufer:	Was heißt hier Schüler? Der Herr Direktor dreht durch. Er tobt durch das Lehrerzimmer.
NZM:	Was?
Anrufer:	Schicken Sie schnell jemanden vorbei! Er schreit das Kollegium wegen der Schüler an. Er könne diese strunzdummen Fleischhaufen nicht mehr sehen.
NZM:	Mmh. Dann schicke ich besser keine Kollegen vorbei.

Anrufer:	Dann von mir aus die Feuerwehr.
NZM:	Geht nicht. Die sind leider alle besoffen.
Anrufer:	Was?
NZM:	Naja, sehen Sie, gestern war Sportfest.
Anrufer:	Und?
NZM:	Was glauben Sie, was in der Erbsensuppe drin ist?
Anrufer:	Dann die Rettungssanitäter.
NZM:	Das dauert zu lange.
Anrufer:	Dann das THW.
NZM:	Bitte! Bleiben Sie sachlich!
Anrufer:	Von mir aus die Pfadfinder. Irgendwen.
NZM:	Die sind alle im Ausland.
Anrufer:	Im Nahen Osten?
NZM:	Ja. In Lippe.
Anrufer:	Wieso …
NZM:	Das wollen Sie gar nicht wissen.
Luise:	Hallo?
NZM:	Nicht jetzt, Frau Blinsenkötter.
Anrufer:	Moment mal! Die Lage hat sich geändert. Der Herr Direktor hat einen Locher gefunden und geht damit jetzt auf die Schüler los.
NZM:	Schicken Sie die dümmsten nach vorne.
Anrufer:	Wieso das?
NZM:	Sie wollen doch nicht, dass die klügsten verletzt werden.
Anrufer:	Dann schicke ich die Kunstlehrer nach vorne.
NZM:	Sind die etwa nüchtern?
Anrufer:	Natürlich nicht.

NZM:	Und der Herr Direktor?
Anrufer:	Bitte! Bleiben Sie sachlich!
NZM:	Sie müssen nun besonnen handeln. Immerhin steht die Zukunft unseres Landes mit diesen Schülern auf dem Spiel.
Anrufer:	Ich muss jetzt leider auflegen.
NZM:	Warum das?
Anrufer:	Ich melde mich bei den Pfadfindern.
NZM:	Hallo? ... Hallo?

Grünkohl

Personen:
Hubert.
Martin.

Ort: Feldweg.

Hubert:	Sag mal, was würdest Du machen, wenn ich Dir zehn Millionen Euro geben würde?
Martin:	Geben?
Hubert:	Naja, schenken. Ich würde sie Dir schenken.
Martin:	Schenken? Du schenkst mir zehn Millionen Euro?
Hubert:	Ja. ... Also, nicht in Echt, aber ja.
Martin:	Falschgeld?
Hubert:	Nein, nein. Richtiges Geld, aber eben nicht real.
Martin:	Nee, Euro, hab ich schon verstanden.
Hubert:	Aber nicht in Wirklichkeit, nur so vorgestellt.
Martin:	10 große Lappen? Einfach so?
Hubert:	Ja.
Martin:	Puh! Das ist schwer. ... Ich vermute, ich würde an der Börse investieren. Ja, das birgt zwar die größten Risiken, aber es bietet, denke ich, auch die

	meiste Rendite.
Hubert:	Aha.
Martin:	Natürlich muss man dann am Ball bleiben, also immer auf dem Laufenden sein. Das ist klar. Man muss schon als erster die neusten Wirtschaftsnachrichten kennen, bevor sie die anderen zu ihrem Vorteil nutzen können. Man muss auch global denken, verstehste? Wer zuerst kommt, macht das große Geld. Der frühe Vogel kassiert die Rendite, klar? Die heiße Glut macht Asche, der Kies wird schnell zu Schotter.
Hubert:	Aha.
Martin:	Und am besten kennt man dann noch einige Insider. Kontakte pflegen und so ist angesagt. Golf spielen und so weiter. Aber ich denke ... ja, wenn man sich da ein bisschen reinfuchst, dann kann man richtig viel Geld an der Börse verdienen.
Hubert:	Aha.
Martin:	Was würdest Du mit zehn Millionen Euro machen?
Hubert:	Ich glaube, ich würde einen Grünkohl-Imbiss auf den Bermudas eröffnen.
Martin:	Einen Grünkohl-Imbiss auf den Bermudas?
Hubert:	Ja.
Martin:	Na, ich glaube ja nicht, dass Du da viele Kunden haben wirst.
Hubert:	Siehste? Jetzt hastes verstanden?

Inhalt

Vorwort	7
Pssscht	13
Stippgrütze	17
Äpfel	21
Fußball	26
Radler	30
Spacken	38
Suppenhuhn	44
Masken	49
Schulden	63
Aale (Largo)	66
Koblenz	69
Wirkplus	73

Rührei	77
Parken	81
Nachtigall	83
Landapfelkuchen	87
Eichhörnchen	95
Dringend	99
Anzeigen	107
Ruhe	112
Kinder	117
Liberneo	122
Troja	133
Flurwoche	137
Damals	140
Hilfsbereitschaft	143
Notruf	146
Grünkohl	149

© *Kerstin Honerkamp*

Nicolas Bröggelwirth wurde 1975 in Herford geboren und studierte Deutsche Philologie, Philosophie und Musikwissenschaft in Münster. Dort begründete er das Hochschulradio »Q«mit und war jahrelang Musik- und Chef-Redakteur. 1998 wurde er mit dem Hörfunkpreis »Bobby« der Landesanstalt für Rundfunk und der Deutschen Hörfunkakademie ausgezeichnet.

Als freier Journalist und Fotograf arbeitete er u.a. für die Neue Westfälische, den Bonner Generalanzeiger und die Kölnische Rundschau. Er veröffentlichte zahlreiche Hörspiele, Kolumnen, Radio-Features, Kurzgeschichten, Lyrik und gab die erste Anthologie der Herforder AutorInnen-Gruppe heraus, deren Gründungsmitglied er ist.

Mehr Informationen auf:
www.nicolas-broeggelwirth.de

**Komm mit auf eine Reise
in Deine eigene Vergangenheit!**
Die Erfolgs-Serie aus der *Neuen Westfälischen* gibt es jetzt als Buch. Kommen Sie mit in eine Zeit, in der vieles noch viel einfacher, aber vieles auch viel komplizierter war. Folgen Sie Ihren eigenen Spuren, die Sie hinterlassen haben. Nicht jede Geschichte ist bereits erzählt, aber auch noch nicht alle bereits erlebt.

ISBN: 978-3-7557-3431-4   **(D) € 12,80**